一路逆瘋
馬尼 著

目錄
1
005
2
041
3
071
4
105

8
241
7
207
6
173
5
137

1

早上七點，當鬧鐘響起的第一秒，劉震榮立刻起身按下開關，深怕吵醒身旁還在熟睡的老婆。接著他走下床打開窗戶，讓巴黎新鮮的空氣吹進房裡，正式喚醒這個忙碌的週一早晨。

身為工作狂的他，在梳洗前會先用手機登入電子信箱，看看有哪些信件必須一進辦公室就先處理。他很快地閱覽，心情覺得輕鬆，都是些不太需要花費力氣的工作回覆。

正想關掉手機時，一封最新的郵件突然跳出來，劉震榮看了對方的信箱，是個不認識的帳號，信件標題還讓他頗為不解。

「我知道你去年六月做了什麼」

二〇一五年六月？劉震榮回想去年的這時候他在幹嘛，週一到週五都在銀行工作，忙著應付來自世界各國的企業客戶。週末則會帶老婆到巴黎郊區放鬆心情，大多是當天往返，偶爾會住飯店來個兩天一夜的小旅行。

除此之外，他真的沒有做什麼，但這封信件的標題，讓他覺得自己好像做了什麼壞事被對方抓到，現在要來威脅他。

好奇之餘，劉震榮打開這封陌生信件，發現內文沒有任何文字，只有附加檔案。他點開檔案，是一張很小的照片，場景好像是個飯店房間，正中央是一張床，而床上有對全身赤裸的男女，緊緊抱在一起。

不會吧！難道被偷拍了！

劉震榮有些震驚，去年六月他的確有跟老婆在外地過夜，儘管已經年過五十了，但他度假時都會跟老婆來場歡愉性愛，好舒緩工作帶來的龐大壓力。

只是他不敢相信，法國飯店的房間竟然被裝了針孔攝影機，如今偷拍者還找到他的信箱，直接把照片寄過來。

這個人想幹嘛？用照片威脅我？他想要錢嗎？

好多問題在劉震榮心裡打轉，弄得他焦慮不安，身為萬福銀行巴黎分行的經理，好歹也有一定分量的社會地位，要是這張照片被公開來，他相信自己的工作大概也不保了。

抱著僥倖的心，劉震榮想把照片看得更清楚，希望這對男女根本不是他跟老婆，只是一封隨機亂寄的惡作劇信件。但他兩根手指頭在手機螢幕上努力滑動，都把照片放到最大了，卻只換來更加模糊的影像。

劉震榮待不住了，儘管上班時間還沒到，他依然火速衝進位於巴黎市中心的萬福銀行經理辦公室，打算用桌上的大螢幕看這張照片。他打開電腦，重新點開標題為「我知道你去年六月做了什麼」的信件，將下載的照片放大好幾倍。

照片裡的男人背對鏡頭，讓劉震榮無法確認是不是他自己，只好把注意力放在女人身上。

沒多久，劉震榮就放心了，照片中的女人雖然沒穿衣服，但耳朵戴著一副性感的紅色耳環，偏偏他老婆連個耳洞都沒有，這輩子沒戴過耳環。

劉震榮苦笑一聲，大大鬆了口氣，隨即把信件刪掉，就當今天是愚人節吧，幸好只是一場惡作劇。

他重新打起精神，到洗手間給自己洗把臉，準備好好面對忙碌的一天。

他沒想到的是，那封惡作劇信件附加的照片，並不是單純的圖片檔，而是一個網頁連結。就在剛剛點開照片的那一瞬間，有個木馬程式透過他辦公室的電腦，偷偷潛進萬福銀行的系統裡。

一個月後，這個木馬程式將在台灣掀起風波，讓萬福銀行四十多台提款機自動吐鈔，損失超過八千萬元，並成為各大媒體忙於追蹤的熱門話題。

$　$　$

「台灣！台灣！台灣！台灣！台灣！」

七月六日下午，位於土耳其首都安卡拉近郊的公寓小房間裡，突然爆出如雷的歡呼聲，六名分別來自俄羅斯、羅馬尼亞、愛沙尼亞和澳洲的男人，圍坐在原木製成的會議桌旁，睜大眼看著投影在白色牆壁的世界地圖，有一顆鮮豔的紅色亮點正在台灣北部閃爍。

他們興奮不已，像是在看世界杯足球賽的現場轉播，而那顆紅色亮點就像支持的球隊在纏鬥許久之後，終於踢進致勝的一球，令人心跳加速、血脈賁張。

台灣，這個位在土耳其東方的海上孤島，是他們後天即將前往的國家，也是最新下手的目標。

「兄弟們，準備大幹一場吧！偷光台灣人的錢！」一名叫艾迪恩的羅馬尼亞人突然用英語大吼。

「錢！錢！錢！錢！錢！」

在場的人都用英文高聲附和，唯獨坐在角落的羅馬尼亞年輕男子安德魯沒出聲，只是用手輕輕撫摸臉上的落腮鬍，像是根本不覺得有什麼好高興似的。

但他其實比任何人都興奮，只是不想表現出來。

「台灣……」安德魯看著地圖緊握雙拳，在心裡偷偷慶祝，「我真的要去台灣了！」

艾迪恩突然來到安德魯身邊，搭上他的肩膀，笑著用羅馬尼亞話說：「小兄弟，笑一個嘛！聽說台灣的女人都很漂亮，皮膚又滑又嫩，而且說話的聲音很好聽，到時候我們有空就去路上搭訕幾個美女，好好認識一下！」

艾迪恩說完，又對著大家用英文高喊：「台灣女人！漂亮！」

「喔！喔！喔！喔！喔！」其他人又興奮了，一起高喊：「台灣女人！漂亮！」

安德魯不喜歡艾迪恩把女人當玩物的態度，但他沒有把情緒表現在臉上，為了融入團體，他反而站起身來，用誇張的笑容對著牆上地圖大喊：「台灣！」

「台灣！台灣！台灣！」其他人跟著瘋狂尖叫。

下一秒，全場突然安靜下來，只見房間的門被打開，走進一名滿頭白髮的老人，身邊還跟著一位面容姣好、身材火辣的俄羅斯女子。

「瘋狗先生。」包括安德魯在內，所有人都恭恭敬敬朝這個老人鞠躬。

這名被稱為「瘋狗先生」的七十歲俄羅斯老人，是主導這次台灣任務的指揮官，他用嚴峻的眼神盯著每個人，像是一名不允許任何錯誤的魔鬼教官。

瘋狗先生雙手撐在會議桌上，朝身邊的女子使了眼色，要她走向每一個人，發給他們上頭印有名字的牛皮紙袋。

那是這次行動的任務分派，每個人分別拿到「土耳其—台北」的來回機票、萬福銀行在台北的不同分行地址，以及各人負責的提款機編號數字。

「萬福銀行？」安德魯看著這四個中文字，覺得好眼熟，似乎在哪看過。

「安德魯，這間銀行的中文你會唸嗎？」瘋狗先生突然用英文問他。

「萬、福、銀、行。」安德魯一個字一個字慢慢唸。

「彎、夫、音、夯！」眾人跟著唸了一次，接著看看彼此，忍不住都笑出來。

安德魯也笑了，儘管他知道自己的中文發音沒有很標準，就像說英文那樣有東歐口音，但這些人現學現賣的腔調，怎麼聽都覺得搞笑。

「好了！」瘋狗先生拍了拍手，要大家都目光聚集在他身上，「這是我們第一次到台灣盜領提款機，出發之前，我要每個人都好好研究Google地圖，用街景功能看看那裡的街道長什麼樣子，每台提款機之間的距離有多遠，是走路就可以抵達，還是要搭計程車，或者需要在當地租車……」

聽著瘋狗先生交代大家該注意的事項，安德魯開始心不在焉，他對台灣遠比其他人熟悉，地圖街景功能也不知道用過多少次了，很清楚當地的城市景觀長什麼樣子。

他現在只希望時間快轉，巴不得立刻踏上台灣的土地，因為那是他最想去的國家。

「最後，我還是要提醒你們這件事，」瘋狗先生突然從腰後抽出一把短刀，慢慢地將刀插入身前的原木桌面，「不要搞任何小動作，不要拿你不該拿的錢，否則這把刀就會像這樣插進你的心臟！」

安德魯偷偷倒吸一口氣，下意識用手摀著自己心臟的位置。

$ $ $

「來賓一百二十七號，請到四號櫃檯。」

位於台北市新生南路的萬福銀行新生分行內，穿著淡藍色制服的李安娜坐在櫃檯後方，對著朝她走來的客戶露出燦爛微笑，先是確認對方拿的是第一百二十七號的號碼牌，再接過存款單、存摺和一疊現金。

「跟您確認一下，存款金額是十萬元？」李安娜看著存款單上的手寫數字，客氣問著。

看到對方點了頭，李安娜就進行起一連串她熟到不行的流程，先是轉身將鈔票放進點鈔機，連續兩次確認是一百張之後，再回頭將金額數字輸入電腦裡，最後在存款單上蓋章、幫客戶刷本子，就一切大功告成。

用笑容送走客戶之後，李安娜又按下桌上的小按鈕，聽銀行內傳來呼叫下一名的叫號廣播，準備再來一次固定流程。

一連處理好幾次存款、取款、匯款、繳費等業務之後，李安娜終於可以暫時放鬆一下，趁沒有客戶需要服務的空檔好好喘口氣。

坐隔壁的同事小珍突然拍拍她肩膀，刻意壓低音量說，「安娜，我肚子不舒服，去上個廁所喔！」

「快去吧，趁現在沒人。」李安娜瞇著眼笑。

看著小珍快步離去的背影，李安娜發現這是一個好機會，如果她想動手，就得趁現在。

她環顧四周，其他同事都有還在處理的業務，忙著面對眼前的客戶，而原本坐在身後的襄理宋翰彬剛好不在位子上，正走進小隔間準備跟VIP客戶解釋貸款合約細節。

沒有人在注意她。

「真的要做嗎？」李安娜問問自己，「萬一被發現怎麼辦……啊，不管了！」

李安娜從褲子口袋拿出一張匯款單，快速檢查每一欄填寫的文字是否正確，匯款人張秀琴、收款人蕭吉、收款帳號，以及一百萬元整的匯款金額。

每一欄都是對的，這張單子她早就檢查過無數次，熟到閉上眼睛都能想起每一個細節。

「對不起了，張阿姨，我需要妳救我……」李安娜在心裡道歉，「還有蕭吉，希望不會害到你！」

李安娜又抬頭看了四周，確定沒有人的視線落在她身上後，就深吸一口氣，將這張匯款單的資料填進電腦裡，最後以果決的速度拿起印有她名字的小章，蓋了下去。

「耶！我終於可以擺脫卡債了！」李安娜在心裡替自己歡呼。

只是這份喜悅沒能持續太久，到了下午四點，李安娜就知道自己完蛋了，她被襄理宋翰彬叫進小隔間裡，對方還把門鎖上，明顯不想讓人聽到他們接下來的對話。

「李安娜，這是怎麼回事？」宋翰彬神情嚴肅，手上拿著寫有張秀琴和蕭吉名字的匯款單，「我希望聽到一個合情合理的解釋。」

「那個……」李安娜說得心虛，「張阿姨今天來匯款。」

「可是她今天沒有來。」

「有啦！襄理，你沒看到嗎？」李安娜努力裝出笑臉，「啊！那時候你一定是在招待貴賓，才沒有注意到。」

「妳知道張秀琴住哪裡嗎？」宋翰彬盯著李安娜。

李安娜搖搖頭。

「剛好跟我住同一個社區，今天早上我要出門的時候有跟她碰到面，她推著行李要去桃園機場，準備搭中午的飛機出國玩。」

李安娜聽了倒吸一口氣，她發現自己的手開始緊握，甚至有些發抖。

「她還說自己很幸運，幸好是今天出國，不然明天尼伯特颱風就要來了，好怕飛不出去。」

「可能她臨時有事不出國了……」

「對！我想她也許家裡出了點事，沒辦法趕在今天出國，還必須來這裡請妳幫忙匯款。」宋翰彬露出惋惜的眼神，嘆了口氣，「可是我剛剛調閱今天的監視錄影畫面，看到妳服務了許多客戶，就是沒有張秀琴。」

「襄理，我……」李安娜開始手足無措，不知道該說什麼。

「她把存摺跟印章都交給妳保管？」

「……對。」李安娜乖乖回答，「她說這樣比較方便，才不用每次都要帶。」

「這個收款人蕭吉是誰？」宋翰彬指著匯款單上的名字。

「我國中同學。」

「妳找他當人頭戶？」宋翰彬見李安娜點了頭，又繼續問：「他知道嗎？」

「襄理，他什麼都不知道！」李安娜急著搖頭，「是我叫他來開戶，把存摺借我用而已，蕭吉跟這件事一點關係也沒有！」

「那他為什麼要聽妳的話？一般人不會把銀行存摺交給別人的。」

「他喜歡我。」李安娜低著頭說。

「安娜，我也喜歡妳，因為妳是我最看好的員工，沒想到……」宋翰彬轉過頭，不願再看李安娜，「我很意外妳會做出這種事，妳應該知道盜領客戶存款是犯了銀行法的背信罪，至少要坐三年的牢！」

「襄理，對不起，我知道錯了……」李安娜急得眼眶中開始有淚水打轉。

兩人之間突然陷入沉默，李安娜很想開口求宋翰彬原諒，但她知道不可能，因為她真的從張秀琴那裡匯了一百萬到蕭吉的戶頭，而這也在銀行的電腦系統裡留下紀錄，成為她犯罪的證據。

她好氣自己，為什麼要為了償還百萬卡債，犯下這種不可原諒的錯，也清楚自己即將面對張秀琴責備的眼神，以及在監獄裡不見天日的生活。

一想到此，李安娜就覺得痛苦萬分，不敢想像未來等著她的苦難。

「我啊……也有個像妳這樣年紀的女兒，才二十五歲，剛踏入職場沒多久。」宋翰彬突然開口，語氣透露著父愛的憐惜，「她如果在工作上犯了錯，我也會希望老闆可以原諒她，給年輕人一個機會。」

李安娜望著宋翰彬，不太明白他為什麼要說這些話。

「安娜，妳願意給自己挽回一切的機會嗎？」宋翰彬認真問著。

「我願意！」李安娜毫不猶豫地回答。

「很好，我也不想看妳毀掉自己的人生。」宋翰彬拍拍李安娜肩膀，動作輕輕的很溫柔，「我可以把這筆轉帳記錄當作是人為疏失，用我的權限把它消除掉，只是……」

「只是什麼？」李安娜趕緊問。

「我需要看到妳的誠意。」

「好！我一定努力做到！」李安娜眼裡散發自信光芒。

「禮拜天晚上九點，我會在君悅酒店開一個房間，到時妳有很多時間展現誠意。」宋翰彬露出微笑，同時晃晃手上那張匯款單，「只要讓我看到誠意，到時就會在妳面前把這張證據撕成碎片，丟進馬桶裡沖掉。」

李安娜不敢置信地看著宋翰彬，想問自己是不是聽錯了什麼，但很快就知道不用問了，她沒聽錯。

因為宋翰彬的下一句話就是：「到時等我的簡訊，我會告訴妳房間號碼。」

$ $ $

放學時間到了，剛在幼稚園上完兒童英語課的蕭吉，拉起袖子將臉上的汗水擦掉，他實在太累了，昨晚熬夜到半夜四點，今天又是一大早的課，儘管教室裡開著冷氣，狀況極差的身體還是不停冒出汗來。

蕭吉拿起水喝了兩口，同時看著教室外那群準備回家的小魔鬼。

一如往常，沒幾個孩子會在下課後跟他擁抱，笑著說「蕭吉老師，我愛你！」反而都是圍繞在來自美國的外籍老師麥可身邊。

「麥可！麥可！我愛你！」那些小魔鬼會蹦蹦跳跳，大聲用英文搶著跟麥可擁抱，每天都是如此。儘管這一班孩子的美語課是蕭吉上的，他們依然喜歡跟麥可玩在一塊。

完完全全被冷落了啊！蕭吉非常不爽這一點，同樣是教兒童美語，只因為國籍不同、膚色一黃一白，再加上麥可長得比他帥，兩人在小朋友心中的地位竟有天壤之別。

「最蠢的就是你們這些小男生，不來挺我這個大哥哥，」蕭吉看著幾個抱著麥可大腿的男孩子，喃喃碎念：「等你們長大就知道外國男人有多壞，他們會搶走你們的女朋友，而且玩過了就甩，但女生會對他們念念不忘，一輩子記在心上！」

更讓蕭吉肚爛的是，麥可領的薪水足足比他多了快兩倍，開的還是賓士車，不像他只能靠廉價的國產車代步。

再這樣下去不行，蕭吉必須多賺一點錢。他在追李安娜，而追女孩子需要錢，不然根本沒機會得到美人芳心，這點他非常清楚。

儘管他每天晚上熬夜看美國股市的漲跌，利用地下期貨進行交易，想替自己多賺一點錢，但可惜賺少賠多，虧損不斷侵蝕他在幼稚園教課的收入。

地下期貨那邊賠了，蕭吉只好想辦法從幼稚園這裡多賺一點。他想，就算每堂課的鐘點費比麥可少也沒關係，只要園長每個禮拜給他多上幾堂課，收入還是可以比過去多。

孩子離開之後，蕭吉特地去了園長辦公室，他知道園長陳淑芳最近在安排下個學期的新課程，必須在課程表出來之前，替自己爭取一下。

「蕭吉，其實我正想找你談這件事。」陳淑芳推推臉上的眼鏡，把已經排好的課程表拿給他。

蕭吉一看，當場就傻了，下學期別說一堂課都沒增加，他甚至還被砍課。

「園長，我的課怎麼變少了？」蕭吉不敢置信。

「你減少的堂數，我挪去給麥可了。」陳淑芳說得理所當然。

「為什麼？怎麼可以沒經過我同意？」蕭吉超級不爽的，語氣逐漸激動起來，「而且麥可有教得比我好嗎？我的發音甚至比他還標準！」

「沒辦法，是家長要求的，他們希望孩子能跟美國人學，說要從小培養國際觀。」

「國際觀個屁！什麼爛家長！幹！」蕭吉忿忿不平，連髒話都飆出來了。

「蕭吉老師，請你講話客氣一點。」陳淑芳的臉色變得難看起來，「就算家長沒這樣說，我還是會砍你的課，因為你最近的精神狀態實在不太好，白天常看你在打哈欠，這樣的教學態度讓我很不滿意。」

蕭吉安靜了下來，他可不想讓園長知道地下期貨的事，要是不小心說溜嘴，她一定會說那是投機買賣，勸他不要再玩了，搞不好還會冷言冷語地說，玩期貨的沒幾個有好下場。

「園長，我的教學態度一點問題都沒有！有問題的人是妳，麥可拿的錢實在太多了，只因為他是外國老師！」蕭吉粗魯地揉掉手上那張課程表，用力扔向地上，「可是妳給我多少？一個月只有三萬出頭，下學期還更少！台灣人不挺台灣人就算了，妳還幫外國人來欺負我！老子不爽幹了！」

蕭吉說完就甩頭走人，毫不理會陳淑芳在背後嚷著要他回去道歉。

蕭吉忿忿走向停車場，坐上自己的車，正準備要離開時，就看到麥可吹著口哨往那台看起來很囂張的賓士車走去。

蕭吉狠狠瞪了麥可一眼，沒想到麥可突然轉頭看他，臉上還帶著勝利者的笑容。

「媽的你囂張個屁啊！幹幹幹幹幹！」蕭吉想起過去這一年備受的冷落和委屈，愈想愈不高興，在這個節骨眼上，他一點都不想輸給外國人。

他要比麥可還早把車子開出去，爭取那一點小小的勝利，於是急著要把車鑰匙插進去，但得失心愈大，手指就愈不聽指揮，他怎麼樣都無法順利插進鑰匙孔裡。

「幹！連老天爺都跟我作對！」蕭吉手上繼續動作，眼睛卻盯著麥可，只見他已經上了車發動引擎，「要比快是不是？拎北跟你拚了！」

終於，蕭吉順利把車鑰匙搞定，他一聽到引擎聲轟轟響起，就急忙踩下油門，將車頭轉向停車場的出口位置，衝了過去。

砰！

幾秒後，他才意識到自己和麥可的車發生擦撞，右邊車頭的板金凹了一塊，然後又看到麥可指著他用一連串英文破口大罵。

接下來發生的一切都出乎蕭吉的意料，他不知道自己為什麼要開門下車，手裡還拿著一根木製球棒；也不明白幹嘛要砸壞麥可的車，把車窗、車頭燈和擋風玻璃全都敲個粉碎；更不清楚當麥可搶下那根已經打到斷裂的球棒時，他為何要一拳打在對方的鼻梁上。

等到麥可臉上都是血、渾身軟趴趴坐在地上時，蕭吉才終於冷靜下來，但事情已經發生了，無法挽回。

「蕭吉！你在幹什麼！」原本待在辦公室的陳淑芳一聽到聲音，立刻衝來停車場，扶起麥可，同時指著蕭吉大罵，「砍你的課是我的決定，你憑什麼把麥可打成這樣，還砸他的車！」

「因為我是瘋狗可以吧！」蕭吉突然用台語怒吼，「我肚爛你們兩個很久了，今天這樣只是剛好而已！」

蕭吉氣沖沖地回到車上，重新發動引擎，準備把車開走，就在經過陳淑芳和麥可身邊時，他搖下車窗又丟下一句。

「陳淑芳，我知道妳瞧不起我啦！」蕭吉瞪著一直壓榨他的園長，「但是我要妳記住我，總有一天，我這隻瘋狗會賺一票大的給妳看！」

說完，蕭吉就把車開走了，再也沒回來這家幼稚園。

$ $ $

七月八日週五傍晚，安德魯在風雨中抵達台灣，剛下飛機不久，俄羅斯集團內負責領軍的小組長就在機場換了鈔票，發給每個人十萬元新台幣，當作這次任務的零用錢，隨便大家怎麼花。

安德魯本來只想住便宜的飯店，但同行搭檔艾迪恩卻不同意，他要求住五星級的，一點都不想委屈自己。

安德魯不想囉唆，便跟著艾迪恩住進位於台北信義區的君悅酒店，兩人才剛放下行李，艾迪恩就想拉他出去搭訕台灣女孩。

「我累了，而且外面還在下雨，我不想出門。」安德魯指著看起來舒適的床，「我想好好睡一覺，才有體力面對這次的任務。」

「好吧！你真不懂得享受人生！」艾迪恩攤攤手，自己就跑出去玩了。

獨自在飯店裡的安德魯，一邊看著電視新聞播報尼伯特颱風的最新災情，一邊盤算接下來的時間安排。

明天週六晚上，他會和艾迪恩先去盜領三家萬福銀行提款機的錢，在那之前有一整天的自由時間，但他沒打算四處閒晃，只想待在飯店裡，用Google地圖好好研究台北街景，就連小巷子也不放過。

當時間來到七月九日週六晚上九點，安德魯和艾迪恩戴上黑色帽子和口罩，各拿一個黑色背包，全身黑色裝扮，出門開始這次盜領行動。

兩人來到萬福銀行位在新生南路上的新生分行，但一開始就不順利，他們根本沒機會下手，因為提款機前一直有人來領錢。

「台灣人晚上都不睡覺嗎？我們都等兩個小時了！」艾迪恩用羅馬尼亞話跟安德魯抱怨，「太誇張了，到現在都還沒偷到一張鈔票！」

「再等等吧……還是我們先去別的分行領錢？」安德魯說得平靜，其實心裡也開始著急。

他怕台北是個不夜城，就算是半夜，路上也隨時會有人經過，這會對他們的行動帶來威脅，因為盜領一台提款機大概需要十分鐘，才能領完所有的錢。

問題是，提款機前不斷有路人經過，而且動不動就有人要領錢，再這樣下去，他怕天亮之前都沒機會動手。

手機突然傳來訊息聲，安德魯以為是俄羅斯總部傳來催促的訊息，但打開手機一看才知道不是。

「午安！工作順利嗎？」螢幕上，傳來幾個中文字。

安德魯一看到訊息，馬上就笑了。

「笑什麼？」艾迪恩好奇湊過來一看，發現安德魯手機螢幕顯示著臉書私訊，有個大頭照看起來很可愛的台灣女孩敲來中文訊息，讓他好訝異，「安德魯！我真是看錯你了，還以為你對台灣女孩沒興趣，沒想到才來這裡一天，你就在臉書上認識女網友啊！」

「呵呵……」安德魯只是傻笑。

「她寫什麼？約你出來見面嗎？」艾迪恩繼續追問，「這女的叫什麼名字？我也想認識她！」

「她叫李安娜，身高一百六十公分，體重四十五公斤，今年二十五歲，沒有男朋友。」安德魯還點開李安娜的臉書，給艾迪恩看了幾張她的照片，「你還想知道什麼？」

「她身材好不好？喜歡外國男人嗎？像我這種四十歲有老婆小孩的她能不能接受？」

「這些我都不知道。」安德魯說完就不想再理艾迪恩。

艾迪恩自討沒趣，默默走到一旁繼續等待，希望這條路上別再有人走來走去了，他只想趕快把錢領完，早一點回飯店睡覺。

安德魯低著頭，傳了中文訊息給李安娜，「不順利，有麻煩。」

「加油、加油！祝你馬到成功！」李安娜很快就回覆。

「馬為什麼要去成功？」安德魯寫了問句，「成功在哪裡？」

「哈哈哈！成功不是地名啦！意思是祝福你一切順利！」李安娜在這句話後面，附上一個超巨大的讚讚圖。

安德魯還想再回，但艾迪恩衝了過來拍拍他肩膀，「安德魯，趁現在沒人，快動手！」

安德魯往左右兩邊一看，果然沒看到任何人影，他馬上退出臉書私訊，隨即點開專門跟俄羅斯總部聯絡用的加密軟體Wickr Me。

安德魯傳了訊息，讓另一端知道他們已經就定位，同時把提款機的編號傳給對方。

「十秒後取款。」另一端回了訊息，簡潔有力。

安德魯收起手機，接著打開黑色背包的拉鍊，同時在心裡默數。

十、九、八、七、六、五、四、三、二、一。

時間到，提款機內部開始傳來鈔票刷刷刷刷的聲音，再過幾秒，現金取款口打開了，一疊二十張鈔票出現在眼前，安德魯一拿起就裝進背包裡，再看取款口關上蓋子，耳朵聽著下一疊鈔票刷刷刷刷的聲音。

接下來重複同樣的動作就可以了，吐鈔、拿錢、裝袋、吐鈔、拿錢、裝袋、吐鈔……

很快的，黑色背包已經塞進一大堆鈔票，只要把這台提款機的錢領光，就可以轉往下一家分行。

「馬真的到成功了！」安德魯在心裡歡呼。

十分鐘過後，提款機不再吐出任何鈔票，安德魯就把黑色背包的拉鍊關上，跟著艾迪恩來到路邊，攔了計程車前往下一個地點，位於復興南路的萬福銀行大安分行。

在安靜的計程車上，安德魯又收到訊息，是李安娜傳來的：「我心情不好，可以陪我聊天嗎？」

「對不起，工作忙……」安德魯回了訊息。

「沒關係，那我先去睡覺了，晚安！」

「晚安。」

安德魯覺得有些抱歉，但現在不是他可以陪李安娜聊天的時候，他必須專心，不能被打擾。

「又是那個台灣女孩傳來的？」艾迪恩看到安德魯的手機畫面，竊笑。

「對啊。」

「問她明天下午要不要出來吃飯？我們三個一起玩！」

「不好吧，我跟她才剛認識，太快了。」安德魯收起手機。

「剛認識的才好約！跟她說你後天就要離開台灣，女孩子最怕聽到這種話，我跟你賭，她一定想跟你見面！」

「對，她有這樣說過。」安德魯在口罩底下，情不自禁露出了微笑。

「那還等什麼？快傳訊息約她！」艾迪恩愈說愈開心，「我真羨慕你啊！才在網路上認識一天就有這種機會，我怎麼就沒有？哈哈哈！」

安德魯看著艾迪恩，卻沒拿出手機來，他只是在心裡說道歉，希望艾迪恩原諒他沒說實話。

他跟李安娜不是剛認識，而是早在半年前，兩人就已經是臉書朋友了。

$　$　$

週日晚上九點，李安娜準時出現在君悅酒店，她刻意戴上大波浪髮型的假髮、豹紋圖樣的口罩，還有鏡片特大的深色墨鏡，就是不希望遇見認識的人。

她站在襄理宋翰彬用簡訊傳來門號的房間門口前，遲遲無法按下門鈴。

宋翰彬就在裡面，也知道她來到君悅酒店了，剛剛飯店大廳的櫃檯人員已經電話通知有訪客。

「真的要進去嗎？」李安娜內心糾結不已，「沒事的，襄理只是要找我聊天，沒有想做什麼的。」

但李安娜無法說服自己，尤其她剛剛還在飯店的網頁上查過了，宋翰彬開的這間房一晚要價七千元，花這麼多錢，怎麼可能只是純聊天。

想也知道是蓋棉被不聊天。

她繼續看著關上的房門，猶豫不安，只要進去了，宋翰彬就可以壓下她盜領客戶一百萬的罪行，把電腦裡的匯款記錄當作人為疏失處理，那就什麼事都沒有了。

不進去，將來她至少要坐三年的牢，人生從此貼上標籤，這輩子大概就完蛋了。

但只要稍微想像一下宋翰彬脫光光的畫面，李安娜就沒有勇氣按下門鈴，無法忍受一個已經五十多歲、老到都可以當她爸爸的人，用最骯髒的器官進入她的身體。

噁！

李安娜想轉身走人，卻發現自己幾乎無法移動腳步。

「只要忍耐一個晚上就行了，」李安娜試著說服自己，「閉上眼睛，咬緊牙關，大不了回家洗個十次澡！」

李安娜狠下心來，勉強自己把手伸向門鈴，準備通知宋翰彬她已經到了。

此時，手機鈴聲突然響起，李安娜嚇得趕緊拿出手機，快步跑到走廊最末端的樓梯間裡，她不想被宋翰彬聽到。

「蕭吉！你現在打電話給我幹嘛？」李安娜一接起電話就超不客氣。

「有沒有空啊現在？出來陪我吃宵夜！」蕭吉問。

「沒空！我有事情在忙。」

「是喔……那明天晚上呢？我們去吃好料的，我請客！」電話裡的蕭吉笑得好大聲，「我禮拜五晚上賺翻了，賭美股會大跌，結果真的賭對了，一個小時就賺到兩萬多！」

「蕭吉，我現在沒空聽你講這些！」李安娜超想掛掉電話。

「妳就說好啊！這樣我就可以先打電話訂位，我怕太晚會訂不到……」

「好啦好啦！我要掛電話了！」

「就這樣說定了，明天晚上六點我開車去接妳，掰！」

掛上電話，李安娜突然覺得胃痛，這下子她又得回到那個房間門口，再度面臨要不要按門鈴的煎熬。

「李安娜，妳別忘了以前跟自己說過的話！」李安娜用力拍了拍臉頰，自言自語，「妳的身體，再也不准讓妳不愛的男人碰！」

她走出樓梯間，又來到宋翰彬在裡頭等待的房間門口，決定跟他說自己不會進去，然後就掰掰走人。

至於未來會怎麼樣，就隨便吧，至少現在她不願意讓宋翰彬碰自己任何一根汗毛。

李安娜的右手伸向門鈴，就在快按到之前，房間大門竟然先打開了。

門後站著兩個身材高大的男人，他們全身上下都是黑的，黑上衣、黑褲子、黑色帽子還有黑色口罩。

「怎麼不是襄理？我弄錯房間了嗎？」李安娜在心裡嘀咕。

那兩個男人也用納悶的眼神看著李安娜，還攤了攤手，相互交談了幾句她聽不懂的話。

「原來是外國人啊！說的還不是英文，是歐洲來的嗎？他們又在說什麼呢？」李安娜在心裡發問，沒說出口。

弄錯房間讓她覺得好糗，只好呵呵笑著低頭說抱歉，並且退了兩步，好把空間讓出來。

那兩個外國男人走出房間，把門關上，接著往電梯的方向走去。

李安娜在原地看著他們的背影，發現這兩個人真的好愛黑色，竟然連背包也是黑色的。

幾秒過後，李安娜聽到電梯門開的聲音，她一刻都不想多留，快步衝向電梯走了進去，和那兩個黑衣男人一起離開。

$ $ $

跟李安娜講完電話之後，蕭吉的心情悶到極致了。

週四離開幼稚園之前，他一時情緒失控砸壞外籍老師麥可的車，還出手傷了對方。回到家後冷靜一晚，才開始煩惱該怎麼跟麥可和園長道歉，畢竟這份工作是目前比較可靠的收入，他不想失去。

想靠地下期貨致富，自己的功力還不夠，雖然偶爾會賺錢，但大多時候都以賠錢出場。

暫時還是得乖一點，咬著牙低下頭，看要賠償多少錢給麥可修車，應該幾萬元之內可以解決吧，蕭吉這樣想著。

但週五尼伯特颱風來襲，台北市停班停課一天，蕭吉正慶幸可以等到下週一再去面對這個問題，沒想到園長陳淑芳先打了電話過來，一開口就是壞消息。

她說，麥可想要索賠一百萬元，包含修車費用、他鼻梁被打斷的醫藥費，以及精神受創賠償費……

「美國人有病嗎？叫他去死啦！我不可能賠這個錢！」蕭吉對著手機大吼，嚇得陳淑芳趕緊掛掉電話。

這通電話，讓蕭吉一整天都悶透了，連帶影響晚上他操作地下期貨的情緒，該做多的時候放空，停損出場後馬上換方向做多，結果盤勢突然就改變了，害他又賠錢出場。

愈賠心情就愈糟，滿腦子都在想該怎麼一口氣賺回來，於是什麼操作紀律都不管了，一看到機會就下單，沒想到換來連賠好幾筆的代價，最後他總共輸掉兩萬元。

這讓他很需要李安娜的安慰，剛剛就是想約她出來喝酒，最好可以喝到兩人都茫了，不小心就把她帶回家，再更不小心一點就把她拉上床，然後兩人肉體溫存一整個晚上。

可惜李安娜有事，蕭吉只好跟她改約明天晚上，還騙說自己地下期貨賺了兩萬元，要請她吃飯。

太弱了！太弱了！蕭吉忍不住挖苦自己，在幼稚園教課吃了癟，在李安娜身上也得不到慰藉，他很需要一個小小的勝利，來證明自己的價值。

他決定要好好喝上幾杯，不但把自己灌醉，也要把某個不認識的女生灌醉，然後來一場體溫交換的遊戲。

他還沒追到李安娜，兩人不算是男女朋友，這就不叫背叛吧……蕭吉打從心裡這麼認為。

蕭吉搭了計程車到台北忠孝東路上的夜店，那裡經常有洋妞出沒，蕭吉想帶一個回家來場不用負責的一夜情。

「外國男人專把台灣妹，我這個台灣正港男人也要把一個洋妞！」剛走進夜店，蕭吉這樣給自己鼓勵。

接下來三個小時，他不斷搭訕外國女孩，用流利的英文向她們自我介紹：「嗨！我是蕭吉，妳也可以叫我蕭告，也就是瘋狗的意思……汪！汪！汪！」

蕭吉都學狗叫了，那些洋妞只是皺著眉頭，連個微笑也不給，就從他眼前飄走。

到後來，蕭吉決定改變策略，退而求其次，把目標轉到台灣女孩身上，但一樣佔不到便宜，她們寧可用蹩腳的英文跟外國男人聊天，也不想陪蕭吉說一句中文。

就這樣，蕭吉獨自喝了一晚的酒，最後決定乖乖回家睡覺。

他走到路邊，正想攔台計程車，這才發現剛剛付完酒錢後，身上已經沒有鈔票了，只好先到附近的萬福銀行提款機，準備領個一千元。

來到提款機前，蕭吉看到有人在領錢，是兩個身材高大的男人，穿著一身黑就算了，竟然還戴著黑色帽子和口罩，就連身上的背包也是黑色的。

其中一個身材較標準的男人正在操作提款機，另一個稍胖的則站在旁邊看著，他們注意到蕭吉站在附近，小聲交談了一下，聲音之小，讓蕭吉覺得他們談話的內容似乎不想被人聽到。

這讓蕭吉更想知道他們在說什麼，他豎起耳朵想聽個仔細，卻發現兩人說的不是中文，也不是英文，而是他聽不懂的語言。

「原來是阿兜仔啊，他媽的你們快一點好不好！」蕭吉故意用音量不小的台語這樣說。

等著等著，蕭吉開始覺得怪怪的，這兩個人領錢也領太久了吧！提款卡不是限定一天只能領多少錢嗎？怎能這樣一直領一直領？

蕭吉忍不住好奇，湊到他們身邊想看看現在是什麼狀況，然後他就看到提款機的取款口竟然在沒有操作按鈕的情況下，一直吐鈔。

「這是最新功能嗎？可以連續吐鈔？」蕭吉問了那個正在領錢的外國人。

但那人不理他，於是蕭吉又用英文問了一次，那人還是沒回答。

「太不正常了！怎麼可能會這樣？」蕭吉走到一旁，拿出手機想打給李安娜，問問她工作的萬福銀行提款機是不是有提供這種功能。

沒想到電話才剛拿起，連通話鍵都還沒按下，那個身材較胖的外國人突然朝他衝了過來，一伸手就搶走他的手機，用力砸在地上。

「喂！你幹嘛搶我手機？」蕭吉蹲下身撿起手機，發現手機螢幕竟然摔裂了，看起來像被密密麻麻的蜘蛛網黏住，根本沒辦法使用，「幹！我的手機被你摔壞了啦！」

蕭吉整個火都上來了，他這兩天被麥可的事搞得心煩，剛剛又吃了洋妞的閉門羹，現在連手機都被這個陌生人砸壞，此時此刻，對外國人的反感累積到了最高點。

蕭吉不顧一切就往對方身上撞過去，震得那人連退好幾步。

「來啊！拎北沒在怕的啦！」怒火中燒的蕭吉握緊雙拳，準備迎戰。

但那個較胖的外國人沒再出手，反而跟正在領錢的同伴說了幾句，語氣還很急促，似乎要他動作快一點。

在那一連串聽不懂的外國話中，蕭吉只能模糊聽到一組他稍微能辨識的聲音：

「安德魯。」

他看著那位被叫安德魯的外國人繼續領錢，領到最後，提款機竟然只吐出三張鈔票，彷彿錢都被領光了。

接著，他又看到安德魯急忙把那三張鈔票取出來，想塞進黑色背包裡，但一不小心手滑，竟讓鈔票全掉在地上。

只見安德魯連忙想撿起鈔票，卻忘了反掛在胸前的黑色背包拉鍊沒拉上，身體一彎，背包開口就剛好朝下，讓更多鈔票從中掉了出來。

也就在那一瞬間，蕭吉看到背包裡滿滿都是藍色的千元大鈔，至少有好幾千張。

這下他知道是怎麼一回事了，這兩個外國人肯定是在犯罪，不知道用什麼方法讓提款機不斷吐鈔，明顯是高明的盜領行為。

蕭吉知道自己必須阻止他們，只要成功，他就有機會上新聞，被各家媒體圍著採訪，直呼他是台灣英雄，在深夜的台北街頭阻止一樁國際犯罪，保護台灣人民辛苦賺來的血汗錢。

到時，園長陳淑芳再也不敢看扁他，麥可更沒膽開口跟台灣英雄要錢，而李安娜一定會崇拜不已，說他好棒棒，甚至愛上他！

蕭吉愈想愈開心，奮不顧身就想搶走安德魯身上的黑色背包，但他才稍微靠近對方，就被另一個外國人從後方抱住，說什麼都不讓他得逞。

「走開啦！」蕭吉想反抗掙脫，但對方把他抱得很緊，彷彿拿命跟他拚了一樣。情急之下，蕭吉把頭往後一仰，硬生生撞上那個人的下巴，雖然弄得自己很痛，但似乎挺有效果的，對方鬆開了雙手，讓蕭吉暫時得到自由。

這一拖延，蕭吉看到安德魯收好了地上的錢，還把黑色背包從胸前換背到背後，這麼一來就更難搶了。

但蕭吉無論如何都不想錯過一夜爆紅的機會，於是又伸手去搶背包。

不過不想放棄的可不是只有他，那個較胖的外國人又纏上蕭吉，把他推倒在地，還跨坐在他肚子上，舉起右手就是往他臉上一陣猛打，打得蕭吉直呼好幾聲：「幹！幹！幹！很痛耶！」

蕭吉痛到快瘋了，不管三七二十一就往對方肚子打去，最後還用力抱住他的腰，讓兩人身體緊緊靠在一起，幾乎動彈不得。

「安德魯！」那人轉頭叫了安德魯，似乎是要他來幫忙。

蕭吉覺得不妙，只見安德魯真的朝他們走來，右手高高舉起，正準備往他的臉揮過來。

完了！蕭吉知道自己當不成英雄，搞不好還會死在這兩個人手裡。

但意外的一刻來了，安德魯那個急揮而來的拳頭，竟然不是打在蕭吉臉上，而是重重落在他同夥的太陽穴上。

蕭吉還搞不清楚是怎麼一回事，隨即就覺得自己的頭好痛，因為安德魯的力道過重，讓他同夥被打的頭順勢也往蕭吉撞過來。

「唉啊！」蕭吉慘叫一聲，只覺得自己視線開始模糊，快要失去意識了。

閉上眼睛之前，他只看到安德魯搶走同夥的背包，慢慢退了好幾步，接著轉過身去，用飛快腳步帶著兩個黑色背包離開現場。

「原來是黑吃黑啊……」蕭吉才剛意識到這點，就馬上暈了過去。

2

凌晨一點多，安德魯帶著兩個黑色背包在台北街頭的小巷子裡繞來繞去，還沿路低著頭，盡量避免被監視器拍到。黝黑的夜空是他最好的保護色，少了光源輔助，就算被拍到也不容易辨識面貌。

雖然有帽子和口罩遮住臉孔，安德魯還是盡量小心謹慎，來台灣之前他就做了很多功課，知道台灣警察很厲害，懂得如何利用監視器辦案抓人，這表示在台灣犯罪想不被抓到，難度比在其他國家高很多。

他唯一能做的，就是盡量製造所謂的斷點，讓警方難以追蹤。畢竟監視器再多，也不可能每個路段都有裝設，那些看起來偏僻沒人的小巷子，就是製造斷點的最佳位置。

如果遇到房子與房子之間有防火巷，安德魯更會特地鑽過去，他知道那樣狹小的通道裡，很少會有監視器存在。

安德魯一路不停走著，直到真的覺得累了，也已經做到有把握讓警察不好追蹤的程度，才找了一間看起來廉價且低調的旅館走進去，說要住一個晚上。

才剛走進房間，兩個黑色背包都還沒放下，安德魯就收到艾迪恩傳來的訊息。

「小老弟，你為什麼要拿自己的生命開玩笑！」

「我在飯店等你，只要你把錢帶回來，我就不會說出去。」

「你如果不回來，俄羅斯人絕對不會放過你，去年就有個土耳其人想私吞盜領的錢，你知道最後發生什麼事嗎？」

「瘋狗先生抓到他之後，把所有人聚集在一起，然後當著我們的面，一把槍抵在那個土耳其人的額頭上。」

「槍聲響起的時候，我嚇到眼睛都閉上了，再睜開眼睛，就看到原本白色的牆壁上都是血！」

「安德魯，我知道你看到訊息了，快回答！」

一連收到好幾則訊息，安德魯可以想像另一端的艾迪恩有多心急，但他不想回覆，因為早在土耳其接到台灣任務時，他就下定決心要帶走這筆錢。

安德魯把手機扔在一旁，打開兩個黑色背包，將所有鈔票倒在床上，一一整理成疊並計算金額，總共是八百二十六萬。

接著安德魯拿起手機，用計算機將這些數字除以兩萬兩千元，想知道台灣的年輕人需要工作幾年才能賺到這筆錢。

答案是三十一年，安德魯這才意識到自己偷來的錢，夠他在台灣活到五十六歲了。

他覺得自己來台灣是正確的選擇，在這裡真的可以重新展開人生，只是沒想到這一切來得這麼順利。這得感謝那個突然冒出來要領錢的台灣男人，如果沒有他，安德魯沒有把握能從艾迪恩手中搶走這筆錢。

按照瘋狗先生擬定的計畫，安德魯和艾迪恩在領完最後一筆錢之後，必須趕到另一家飯店，把所有鈔票交給名叫巴比的俄羅斯人。至於巴比怎麼處理這些鉅款，是交給專人運出台灣，還是留在這裡找管道洗錢，安德魯就不清楚了。

想要奪走這筆錢，安德魯就必須在和巴比見面之前動手，那是他唯一的機會。但到底該怎麼做，其實他心裡根本沒底，只知道最不得已的作法就是來硬的。

可是安德魯怕自己會猶豫，擔心在最關鍵的一刻來臨時，會因為害怕失手而放棄，多虧有那個台灣男人來搗亂，是他讓安德魯得以鼓起勇氣，拿了背包就跑。

這一跑，安德魯知道自己跟過去的人生說再見了，他不再是羅馬尼亞人，此時此刻開始，他要想辦法變成台灣人。

時間已經晚了，儘管身體很累，但安德魯還不能睡，必須改頭換面才行。他走進浴室，在鏡子前注視這些日子刻意留的滿臉鬍鬚，那也是為了讓警察不容易追蹤的策略，因為有鬍子和沒鬍子的他，看起來就像兩個完全不同的人。

安德魯發現這家旅館沒有提供刮鬍子專用的刮鬍泡，只好用肥皂沾了水搓出透明泡泡，再塗在臉上當潤滑劑使用。

「安德魯，你看起來好像笨蛋，為什麼要把自己弄成這樣？」安德魯對鏡子輕鬆笑了，才知道這幾天的自己有多緊繃。

刮掉所有鬍子後，安德魯露出原本乾乾淨淨的臉，有那麼一瞬間，他差點認不出鏡子中的自己，還以為看到安德森叔叔年輕時的臉孔。

小時候，安德魯常常懷疑自己不是爸爸親生的，而是叔叔的孩子，不然怎麼跟爸爸一點都不像，反而跟叔叔有幾分神似。

他們都有明顯的雙眼皮，又高又挺的好看鼻子，右臉頰同一位置有個可愛酒窩，笑起來超迷人。這些共通點，讓安德魯從小就喜歡安德森叔叔，尤其是十歲跟他住在一起的那年裡，兩人感情好到常被誤會是一對父子。

「叔叔，你好嗎？」安德魯對鏡中的自己這樣說，「我好想你，現在的你到底在哪裡？」

安德魯回到床邊，從黑色背包的最內層拿出一封信，那是兩年前安德森叔叔寄給他的，而且是從台灣寄到羅馬尼亞的。

在那之前，叔叔已經失蹤了十年，安德魯不知道他人在哪裡，一度猜測他是不是發生意外過世了，不然怎麼可能沒有任何消息。

直到安德魯收到這封信，才知道當年叔叔接了義大利黑手黨的案子，搭船到日本走私槍枝，後來不小心弄丟一些貨，害黑手黨損失不少錢，還跟日本黑道進行一場街頭火拚。

為了保命，叔叔趁夜搭著小船逃到台灣，就在這裡想辦法活了下來。

叔叔在信上解釋之所以沒聯絡，是擔心追殺他的黑手黨會找上門，他不願連累到安德魯，所以直到兩年前才終於提筆寫信。叔叔說自己在台灣過得很好，要安德魯不用擔心，台灣人對他很客氣，他也靠教小朋友英文賺錢，還擁有一間自己的房子。

信裡還附了一張照片，上頭是一間矮小的平房，外牆全部漆成叔叔最愛的黃色。叔叔雖然沒有入鏡，但安德魯相信當時拍攝這張照片的他，臉上肯定是帶著幸福的笑容吧。

知道叔叔過得很好，讓安德魯終於放下心，只是他後來查了才知道，信上的寄信地址「台北市中正區重慶南路一段122號」是亂寫的，那是台灣的總統府。

儘管不知道叔叔人在哪裡，安德魯還是藉由俄羅斯盜領集團給的機會來到台灣，他要想辦法在八百多萬花光之前找到叔叔。

而那張黃色小屋的照片，就是唯一的線索。

當初收到照片之後，安德魯就用Google圖片查詢，但一無所獲，畢竟那只是安德森叔叔的家，不是什麼觀光景點，更不是知名建築物。

後來安德魯用了更笨的方法，只要一有時間，就透過Google地圖的街景功能，把台北地區的大街小巷都看了一次，無奈還是找不到黃色小屋。週五來到台灣之後，他刻意獨自留在飯店房間裡，同樣用手機螢幕看街景畫面，但依然失望收場。

安德魯開始明白自己需要台灣人幫忙，不然他在這個人生地不熟的地方，根本不知道該怎麼找那間黃色小屋。

把信和鈔票都收進黑色背包裡，安德魯正打算躺在床上睡覺時，手機突然響了，那是通訊軟體Wickr Me傳來訊息的聲音。

「你在哪裡？」是在土耳其坐鎮指揮的瘋狗先生傳來的。

「快回答！」三秒後，又來一則訊息。

「馬上去找巴比！」

「安德魯！」

安德魯看著訊息接二連三跳出來，完全不想回應任何文字，他知道這時候說什麼都沒用了，就算把錢拿回去，瘋狗先生也不會放過自己。

正想關掉手機時，一則最新訊息又跳出來，瘋狗先生傳來一張照片，上頭有個倒在地上的男人遺體，額頭上還有黑色彈孔和紅色血液。

安德魯馬上知道，這就是艾迪恩剛剛提到的那個土耳其人。

「我會殺了你！」訊息又跳出來。

安德魯索性把軟體刪掉，這樣就不會再收到死亡威脅了。

$　$　$

週一早上，李安娜換好淡藍色的萬福銀行制服，坐在租來的套房床上，再三猶豫要不要出門上班。

她昨晚放了襄理宋翰彬的鴿子，知道他一定氣急敗壞，應該已經決定好要怎麼對付她了，說不定自己走進萬福銀行大門，就會看到警察拿著手銬等在那裡。

一想到可能會這樣，李安娜就不安到了極點，愈來愈不敢出門，眼看九點到了，銀行都已經開門營業，她還坐在床上。

十點、十一點、十二點，隨著時間過去，李安娜的緊張情緒也逐步升高，她猜想再這樣下去，或許警察就會跑來敲門，要直接帶她去警局偵辦。

手機突然發出簡訊鈴聲，李安娜打開來看，發現是宋翰彬傳來的。

「我已經幫妳請好假，今天在家裡休息吧……另外銀行出了大事，我先忙著處理，再跟妳聯絡。」

李安娜看得一頭霧水，無法明白宋翰彬這通簡訊是什麼意思。他還沒把盜領一百萬的事往上呈報？也沒有報警？還是他不計較昨晚被放鴿子的事，決定放過她？

銀行又發生什麼大事？大到可以讓宋翰彬把她的事先丟在一邊，沒空處理？

李安娜沒辦法再想這些了，她昨晚離開君悅酒店之後就煩惱到睡不著覺，到現在都還沒閉過眼。既然宋翰彬叫她好好休息一天，那就暫時什麼都不管了吧。她連制服也沒脫，直接床上躺平昏睡過去。

這一睡，就睡到下午五點，直到李安娜被手機的訊息鈴聲吵醒。她以為是宋翰彬又傳來訊息，本來不太想看的，但想想好像不太對勁，那鈴聲不是手機簡訊的聲音，而是臉書私訊。

李安娜半瞇著眼，滑開手機，螢幕出現的照片讓她瞬間睜大眼睛，連忙從床上坐起。

是安德魯傳來的照片，只見他坐在斜坡的草地上自拍，身後是李安娜熟悉到不行的高樓，台北一〇一。

「啊！啊！啊！啊！啊！」李安娜忍不住尖叫，馬上傳訊息過去，「安德魯，你在台北！」

「對。」安德魯立刻回傳訊息，「今天來。」

「天啊！我沒想過你會來台灣，工作不是很忙嗎？你怎麼會來？是來工作還是玩？」李安娜一口氣問個不停，「你住哪間飯店？都待在台北嗎？要來幾天？什麼時候回紐約？」

安德魯沒回答那些問題，只是反問李安娜，「可以見面嗎？今天晚上。」

「當然可以啊！」李安娜送出一個笑臉的圖案，又寫著：「我們要怎麼約？」

李安娜盯著手機，等待安德魯給她時間和地點，隨即又想到他對台北根本不熟，肯定不知道有哪裡可以去。她想了想，決定約在交通方便的美國連鎖星期五餐廳，這樣安德魯才比較好找，吃得也習慣。

李安娜傳了一家就開在捷運站附近的星期五餐廳地址，連Google地圖連結都附上了，跟安德魯約在晚上七點碰面。

「好。」安德魯回得乾脆。

「那就晚上見囉！」李安娜開心送出訊息。

結束私訊，李安娜滿心期待與安德魯的網友初見面，她抬頭看了牆上時鐘，現在是下午五點多，還可以悠哉洗個澡、化上美美的妝，六點再出門搭捷運。

「六點？」李安娜突然唉了一聲，「我怎麼忘記六點跟蕭吉有約了！」

李安娜打電話給蕭吉，但對方關機中，只好傳訊息過去，「今晚臨時有事，沒辦法跟你吃飯了，抱歉。」

李安娜覺得對蕭吉很不好意思，因為她才剛用他的人頭帳戶盜領一百萬，如果宋翰彬真的讓這件事曝光，蕭吉肯定也會受到牽連。

雖然他是無辜的，但多少也會面臨法律上的問題，這點讓李安娜過意不去。

不過，這也得等到事情真的瞞不住了再說，目前最重要的還是跟安德魯見面，畢竟他們分隔台北跟紐約，不是想見就能見到的，這輩子可能就這麼一次機會，她不想為了蕭吉而放棄。

洗完澡，李安娜替自己化了一個美美的妝，換上貼身舒適又有點俏皮可愛的衣服，六點一到，就打開家門往樓下走去。但才走出社區大樓，遠遠的就看到蕭吉站在車子旁揮手，讓她好傻眼。

「蕭吉，你怎麼會來！」李安娜快步跑了過去。

「我怎麼不會來？不是約好了六點來接妳。」

「可是我有傳訊息給你，說我臨時有事，沒辦法吃了。」

「我關機啦！」蕭吉拿出手機，給李安娜看了螢幕上密密麻麻的蜘蛛網狀裂痕，一臉無奈，「什麼都看不到，只好關機。」

「手機也摔得太嚴重了吧！難怪你不知道我傳訊息給你。」李安娜看著蕭吉的臉，突然發現他左臉上有瘀青，甚至還有些浮腫，「等一下，你的臉怎麼了！跟人打架嗎？」

「不是啦！是我邊走路邊滑手機，一不小心就撞到電線桿……」蕭吉晃晃手機，「然後手機就掉到地上，變成這樣了。」

「天啊，你好倒楣喔！但是你活該，誰叫你要當低頭族！」

「隨便啦！」蕭吉打開副駕駛座的門，示意要李安娜上車，「走吧！」

「不是跟你說了嗎？我今天晚上有事，沒辦法跟你一起吃飯了。」

「什麼事？」蕭吉明顯有些不開心。

李安娜不想把準備跟安德魯見面的事講出來，偏偏蕭吉一直盧，還說今晚一定要跟他吃飯，否則就賴在她家門口不走。

眼看五分鐘、十分鐘、十五分鐘過去了，蕭吉還在堅持要一起吃飯，這讓李安娜開始心急，再這樣下去，肯定趕不上跟安德魯約好碰面的時間。

「我今天真的不行啦！七點要跟網友碰面，我快遲到了！」李安娜忍不住說了。

「網友？天啊！李安娜，妳的網友有比我重要喔？」蕭吉的臉瞬間垮下來，那塊已經有點黑的瘀青彷彿變得更黑了，「男的女的？」

「男的。」

「靠！是第一次見面嗎？」

「嗯。」

「帥哥？」

「還蠻帥的。」

「……」

李安娜看得出來蕭吉很不爽，但她真的沒辦法再繼續講了，必須趕快走人。

「我先走了，下次再請你吃飯。」李安娜揮揮手，轉身就走。

但蕭吉拉住她的手，硬是把她拖上車，「我陪妳去見他，萬一他想對妳怎麼樣，我可以保護妳。」

「你想太多了！他是好人。」

「相信我，台灣男人不是什麼好東西，尤其是男網友！」

「他不是台灣人啦！」

「什麼！」坐上駕駛座剛綁好安全帶的蕭吉，瞪大雙眼看著李安娜，「外國男網友？」

「對啊！我在臉書上認識的美國人，今天剛從紐約飛過來，所以我真的沒辦法跟你吃飯，畢竟以後可能就沒機會跟他見面了。」

「我最討厭美國男人了！這下子，我說什麼都要陪妳去見他！」

$ $ $

才跟安德魯在星期五餐廳門口見到面，李安娜就後悔把蕭吉帶來當跟屁蟲了。

她看到安德魯用極度震驚的表情看著蕭吉，彷彿在說這傢伙是誰？他為什麼來？幹嘛帶不相關的人跟我一起碰面？

她轉頭看看身旁的蕭吉，發現他用充滿敵意的眼神瞪著安德魯，心裡大概在罵這個外國人果然是帥哥，更該死的他還是個美國人！

李安娜突然想起，蕭吉跟她抱怨過一起在幼稚園教課的老師麥可，剛好就是個美國人。

但後悔也來不及了，李安娜覺得既來之則安之，就勉強忍耐一下吧，只希望蕭吉可以識相點，晚餐吃完就說要先回家，讓她和安德魯可以去別的地方續攤，單獨好好聊一聊。

三人進了餐廳坐下，當各種美式餐點陸續送上來之後，李安娜就開始對蕭吉不耐煩了，每當她開口想好好跟安德魯講個話，蕭吉都愛用英文插嘴。

「蕭吉，從現在開始不准再講英文了！」李安娜白了蕭吉一眼，「我的英文聽力跟幼稚園小朋友差不多，而且安德魯會說中文，他聽得懂！」

「我只是想問他一些問題而已，用英文比較精準啊。」蕭吉故意攤了手，還裝無辜，「問他今年幾歲、做什麼工作、年收入多少、有沒有女朋友、結婚了沒有，還有到底為什麼要來台灣，又是怎麼跟妳認識的……我是在幫妳問耶！」

「無聊！幹嘛探人隱私啊！你會跟別人說當幼稚園老師賺多少錢嗎？」李安娜語氣擺明了不開心，「再說我跟安德魯怎麼認識的，你問我就好啦！」

李安娜一口氣交代她跟安德魯結緣的經過，早在半年前，她就收到安德魯在臉書上送出的交友申請，說他是住在紐約的美國人。

安德魯想練習中文，希望跟台灣人交朋友，這讓李安娜覺得有趣，兩人便開始當起網友，偶爾私訊傳傳訊息，有時會直接用語音交談。

安德魯喜歡跟李安娜分享他的生活，不時傳一些在紐約當地拍攝的照片，像是時代廣場、帝國大廈、中央公園、自由女神像……等知名地標，讓李安娜很羨慕，看著看著也好想去美國玩。

「好啦好啦，不用交代那麼多啦！」蕭吉要李安娜就此打住，把頭轉向安德魯，認真問：「你為什麼要來台灣？」

「對啊！為什麼？」李安娜也看著安德魯，臉上滿是好奇的表情，「你都還沒跟我說呢！」

「度假。」安德魯簡單回答。

「好好喔！」李安娜接著又問，「你要玩多久？要去哪裡玩？就你一個人嗎？」

「對，我一個人，台灣到處玩，可以玩很久。」

「所以你是來環島旅行的？」蕭吉又問。

「環島旅行？」安德魯皺了眉毛，好像聽不太懂，「環島是什麼？」

「就是把台灣整個玩一圈啊！」李安娜拿出手機，Google台灣的圖片給安德魯看，還用手指在上面繞圈圈，「像這樣繞一圈，到處玩。」

「喔……」安德魯恍然大悟，「對對對！繞一圈，環島旅行。」

李安娜打從心裡羨慕，雖然她就住在台灣，但這輩子還沒環島旅行過，沒想到安德魯特地從美國飛過來，要把台灣好好走一遍。

如果可以，她也好想去環島，暫時把盜領一百萬的事情拋諸腦後，什麼都不去想，也不用面對襄理那張看起來道貌岸然、實際上卻色慾薰心的虛偽臉孔。

「安德魯，我真羨慕你，我也好想去環島旅行喔！」李安娜脫口而出。

話才說完，李安娜突然愣了一下，心想自己為什麼不能去？她現在不敢去銀行上班，更不願意看到貪圖她肉體的襄理。與其每天窩在家裡，擔心事情曝光被抓，還不如出去走走，暫時不用面對這些討人厭的事情。

「安德魯，要不要我陪你環島？」李安娜直接問了。

「啊？」安德魯好驚訝。

「什麼！妳要陪他去環島？」蕭吉更驚訝。

「對啊！不然他一個人在台灣，人生地不熟的，萬一迷路了或是遇到壞人怎麼辦？」李安娜說得認真，「台灣最美麗的風景是人，但最醜的也是！」

「等一下，妳不是要上班，怎麼陪他環島？」蕭吉問。

「我離職了，銀行工作超無聊，我受不了。」李安娜聳聳肩笑了一下，「所以我現在沒事做，想去哪裡玩都可以。」

「安娜，我可以給妳錢，這個叫做……」安德魯想了想，搔搔頭，「中文叫什麼水的？」

「薪水！」李安娜馬上知道安德魯想說什麼，「你要給我錢當薪水，等於是當我老闆的意思，對吧？」

「對對對！薪水、老闆，我是妳的老闆。」安德魯點點頭，接著伸出十根手指頭，「薪水十萬，可以嗎？」

「十萬！」李安娜和蕭吉異口同聲，眼睛張得好大。

「太少了？那二十萬可以嗎？」安德魯有點擔心地看著李安娜。

「不會！十萬已經很多了！我要上班三個月才有這個錢呢！」李安娜超吃驚的，連忙答應，「就這麼說定了，我陪你去環島旅行！明天就出發！」

「等一下！」蕭吉盯著安德魯，「那吃的住的還有交通費，安娜要自己出嗎？」

「這有什麼好問的，當然是我自己負擔啊！」李安娜說。

「不用妳的錢，用我的錢。」安德魯拍拍自己胸膛，表示一切由他負責。

李安娜沒想到安德魯這麼大方，只要陪他環島玩一圈，就可以賺這麼多錢。如果安德魯只玩一個禮拜，就等於週薪十萬元，這會是她這輩子最好賺的一份工作。尤其是她盜領客戶的錢被抓包，這件事要是襄理決定不幫忙處理，銀行工作自然就沒有了。那麼她接下來等於沒有穩定薪水，每個月固定要還的卡債就沒著落，當然更需要這筆十萬元收入。

李安娜開始幻想旅行結束後，安德魯把一疊鈔票交到她手上的畫面，忍不住愈想愈開心，直到發現身旁的蕭吉正盯著她瞧。

「蕭吉，你幹嘛這樣看我？」李安娜好奇地問。

「我也要加入，我跟你們一起去環島。」蕭吉說得正經。

「你幹嘛跟啦！而且你不是還要去幼稚園教課嗎？」

「我不幹啦！再說妳一個女孩子跟陌生的外國男人一起環島，太危險了！妳不怕被吃掉喔？」

「吃掉？要吃什麼？」安德魯突然插話。

「沒有啦！安德魯，你不要理他！」李安娜尷尬地揮揮手，又轉頭對著蕭吉說：「你不要亂講話好不好，安德魯才不是那種人！」

「哼！」蕭吉用鼻子哼氣，盯著安德魯，「誰知道是不是，外國男人沒一個好東西！」

「什麼東西？」安德魯皺起眉頭，「我有點聽不懂你們現在說的中文……」

「不懂最好啦！」李安娜呵呵笑著，偷偷用腳踢了蕭吉一下，「你別來亂喔！人家要環島，你湊什麼熱鬧，明明今天才認識他而已。」

「拜託！我跟著一起環島，對你們只有好處沒有壞處耶！別忘了我有車，這樣環島比較方便，想去哪裡就可以去哪裡。」蕭吉認真看著安德魯，「你需要有人開車載你，不然環島很不方便的，加上我以前當過食品工廠的業務，台灣到處都跑遍了！你想去哪裡，問我就對了！」

李安娜看蕭吉說得正經，又看到安德魯似乎認真在考慮的樣子，擔心最後搞不好會變成三人同行，趕緊問安德魯：「你不會想要他一起去吧？」

安德魯沒點頭也沒搖頭，只是沉默。

「蕭吉，你看吧，人家不歡迎你去。」李安娜得意洋洋笑著。

「不。」安德魯開了口，「我們三個一起環島旅行。」

「我也有十萬可以賺嗎？」蕭吉馬上問。

「對！」安德魯回答得乾脆。

蕭吉開心大笑，李安娜卻是傻眼，她很想勸安德魯改變主意，但看他認真的神情，就知道這個三人環島團勢在必行了。沒辦法，儘管不希望有蕭吉跟在身邊，但也清楚自己和安德魯確實需要他的車。

「好吧，那就這樣決定了，我們明天早上出發吧！」李安娜問安德魯，「你住哪間飯店？我們先開車送你回去。」

「沒有，」安德魯搖頭，「我還沒有住的地方。」

「那你的行李呢？」李安娜指著安德魯放在身邊的白色背包，「你只有這個？」

安德魯點點頭。

「酷耶！標準的背包客，只帶一個背包就飛來台灣！」李安娜豎起大拇指，「外國人好了不起喔，說走就走的行動派！」

「那就這樣囉！我還要回去整理行李，」蕭吉把飲料一口喝乾，「明天早上怎麼約？」

李安娜打算明天先叫蕭吉到她家接她，再一起去安德魯今晚入住的飯店會合，正準備開口時，手機突然響來簡訊鈴聲。她滑開銀幕看了訊息，發現是襄理宋翰彬傳來的，只寫了六個字。

「我在妳家樓下」

李安娜覺得自己心臟快要停止了，不知如何是好，索性把手機的電源關掉，看著安德魯和蕭吉，開口說了句：

「我們要不要現在就出發？來一趟不帶行李的環島旅行！」

$ $ $

車子開進山區，一路蜿蜒向上，安德魯坐在後座，看著車窗外的黑色山影向後移動，又低頭盯著手機螢幕上的地圖。

地圖上的藍色圓點正緩緩移動，顯示安德魯已經離開台北市，這讓他比較能放鬆下來。

台北市的監視器太多，儘管他已經剃掉鬍子，外型跟剛來到台灣的時候有很大差別，還是希望盡量不被監視器拍到。

為了躲避警察透過監視器掌握他的行蹤，安德魯除了身上的衣服褲子都換過之外，連裝錢的黑色背包也換成白色的，外在的改變多少能幫自己爭取一點時間，讓靠監視器畫面辦案的警察吃點苦頭。

車子繼續向深山前進，沿途的路燈愈來愈少，監視器更是沒看到半台，雖然不知道蕭吉要把他帶到哪裡去，但肯定不是警察局。

如果蕭吉想害他，這時他們就不會在山上，而是在警察局裡。

安德魯暫時放下心，他覺得自己應該賭對了，蕭吉沒有認出他來。

剛剛在星期五餐廳門口看到蕭吉時，他差點嚇出一身冷汗，和李安娜一起來的朋友，怎麼剛好就是昨晚跟艾迪恩大打出手的台灣男人！而且蕭吉還是個英文老師，從見面開始就不停說著英文，讓安德魯完全不敢開口回話。

他不能說英文，一說就會破功，畢竟過去這半年來，他一直騙李安娜說自己是住在紐約的美國人。

雖然臉書可以造假，那些給李安娜看的紐約地景照片，都是從不認識的紐約人臉書偷來的，但說出口的英文肯定騙不了蕭吉的耳朵。

安德魯的英文有濃濃藏不住的東歐口音，那是他無法改變的，所以堅持不說英文。

在山區繞了半小時，車子終於停下來，他們來到一間看起來頗為高級的度假村。

「法悠度假村！」蕭吉指著原木雕刻而成的大門招牌，「今晚就睡這間吧！」

「看起來好像很貴耶！」李安娜有些遲疑，「換別間吧，我們只是睡一晚而已，隨便找個便宜的飯店就好。」

「沒關係，就這間！」安德魯拿起白色背包，直接走向度假村大門。

走進這間外觀富麗堂皇、氣派非凡的度假村，安德魯看到大廳內擺放許多古董藝術品，馬上知道今晚的住宿費用肯定不便宜。

儘管有了心理準備，但在大廳櫃檯看到房間價目表的當下，安德魯還是大吃一驚，最便宜的房間竟然也要九千元，比他之前住的君悅酒店還貴。

「我要三間九千元的房間。」安德魯立刻把護照和現金交給櫃檯人員，他要趁李安娜和蕭吉還在研究房型的時候趕緊付錢。

這是個緊張時刻，萬一被他們看到自己護照上寫的國家不是美國，而是羅馬尼亞就糟了，這會給他帶來危險。

櫃檯人員登記完安德魯的護照資料後，又向李安娜和蕭吉打了招呼，表明也要他們的身分證件。

辦完入住手續，三人朝各自的房間走去。安德魯一走進房門，就把白色背包放下，再轉身關上門，這才大大鬆了口氣。他這時很需要獨處一下，好好放鬆已經緊繃一天的心情。

一晚九千的房間果然有它的價值，不僅空間寬敞、光線明亮，令人感到輕鬆舒適，還有原木桌椅與真皮沙發，每件家具都呈現出高級質感，床墊也是價格昂貴的國際知名品牌。

最讓安德魯滿意的是，房間裡還有一個保險櫃，可以把裝了八百多萬的背包鎖在裡頭。

安德魯累壞了，白天在台北街頭努力製造監視器的斷點，折騰了好幾個小時，現在的他又臭又累，只想好好洗個澡，然後躺在舒適的床上睡到自然醒。

在按摩浴缸裡泡了半小時，安德魯這才覺得滿足，正準備躺上床時，手機突然傳來訊息聲。

「蕭吉叫了紅酒說要來我房間喝兩杯，」是李安娜用臉書傳來的私訊，「我不想單獨跟他喝，你也一起來吧。」

安德魯看了訊息，其實很不想去喝酒的，但也察覺到李安娜不想和蕭吉獨處，才會希望他也在場。

沒辦法，安德魯只好暫時放下休息的念頭，穿好衣服往李安娜的房間走去，一按下電鈴，房門很快就開了，李安娜站在門邊笑著要他進去。

「你怎麼會來？」蕭吉坐在沙發上臭著臉問，手裡還拿一杯紅酒。

「我叫他來的！」安娜走向吧台，拿出新的紅酒杯，「要喝酒，怎麼可以少了安德魯！」

「對對對！人多才熱鬧！」蕭吉搖晃紅酒杯，刻意笑著，「安德魯，一起來喝吧！我剛剛點了客房服務，請他們送來幾瓶紅酒，今晚我們要喝個痛快！」

「酒錢你自己付喔！」李安娜瞪了蕭吉一眼，接著遞給安德魯紅酒杯，同時偷偷在他耳邊說，「不好意思，還要拉你來陪我。」

安德魯笑笑說沒關係，跟著李安娜來到沙發區，兩人坐在一起。

蕭吉看了他們一眼，就把杯子裡的紅酒全喝光，接著一杯又一杯，這讓安德魯覺得自己好像不該來的，他的出現明顯讓蕭吉不太開心。

蕭吉酒喝多了，開始抱怨在幼稚園裡教課的事，安德魯沒興趣知道，他轉頭看向李安娜，發現她好像也沒什麼在聽。

似乎是為了轉移注意力，李安娜拿起遙控器打開電視，剛好轉到新聞台。

一時間，房間裡的三人都被新聞吸引，連一直喝酒的蕭吉也突然不喝了。

「萬福銀行提款機遭盜領，兩天損失八千多萬！」李安娜看著新聞標題，嘴巴張得好大，「怎麼會發生這種事！」

「靠北！這太誇張了啦！害我也好想盜領啊！」蕭吉瘋狂大叫，「馬上變成有錢人耶！」

新聞台正在播報萬福銀行提款機遭外國人盜領的案件，主播敘述著案情經過，影像則同步播放一名穿著白色上衣、戴著帽子和口罩的男人站在提款機前，從取款口拿出一疊又一疊鈔票的畫面。

「啊！啊！啊！啊！啊！」蕭吉放下酒杯，指著電視大喊，「就是這個！他媽的我就知道是犯罪！外國人跑來偷我們台灣人的錢！」

「天啊！這怎麼可能！提款機被駭客入侵了嗎？」李安娜也好驚訝，「不然怎麼會一直吐鈔？而且為什麼是萬福銀行？」

安德魯一句話都沒說，儘管他知道這件事遲早會上新聞，但真的看到報導時，內心還是受到極大的震撼。

新聞裡被監視器拍到的那個男人不是他，而是同夥中一個喜歡穿白色衣服的俄羅斯人，安德魯知道自己一定也被監視器拍到了，現在只希望新聞台不要播放有他的影片。

但安德魯很快就失望了，新聞台接著播放另一台提款機的監視器畫面，是個穿黑衣、戴黑帽和黑色口罩的男人，同樣在盜領鈔票。

安德魯認得出來那是他自己。

「安德魯！」蕭吉叫得比剛剛更大聲，先是指著電視，接著又把手指轉向安德魯，「安德魯！」

安德魯猛然吃驚，心裡知道大事不妙，蕭吉終究還是認出他了。

「什麼意思？」李安娜問蕭吉，「你是說電視上這個人是安德魯？」

「對！他就是安德魯！」蕭吉笑著跟安德魯說，「剛好跟你同名同姓，該不會就是你吧！」

「無聊！你是白癡喔！」李安娜翻了白眼，「全世界大概有幾百萬個安德魯吧！」

「對喔，哈哈哈！」蕭吉傻笑幾聲，「這個名字太普通了，一點都不特別！」

安德魯鬆了一口氣，看來蕭吉還是不知道他就是電視上的黑衣男。

「等一下！」李安娜盯著蕭吉問，「你怎麼知道那個人也叫安德魯？」

「因為我剛好在現場啊！就看到那個安德魯跟他的同夥在提款機前，鬼鬼祟祟地一直領錢。」

「不用提款卡?」李安娜繼續問。

「不用!所以我才覺得不對勁,那時候還想打電話問妳呢!」蕭吉說。

「然後呢?」李安娜又問了。

之後的事,安德魯都知道,當時艾迪恩以為蕭吉要打電話給警察,就搶走他的手機摔在地上,於是兩人扭打起來,接著蕭吉被壓倒在地,臉上還挨了好幾拳,才讓安德魯有機會搶走黑色背包。

蕭吉現在臉上的瘀青,就是艾迪恩的傑作。

「新聞說有四十幾台提款機被盜領,是犯罪集團幹的好事耶!」蕭吉又看著電視,開始分析,「安娜,你們銀行一定有內賊在操作提款機系統,才有辦法做到這種程度吧?」

「我怎麼知道,我只是坐在櫃檯收錢給錢的,不懂那些啦!」李安娜也盯著新聞,突然問蕭吉,「但是你人都在現場了,為什麼不打電話報警?」

「因為我手機壞掉啦!」蕭吉褲子口袋拿出手機,「不是說過了嗎?我昨天不小心撞到電線桿,手機就掉在地上摔壞了。」

不對,安德魯在心裡反駁,那是被艾迪恩摔壞的。

「那你也可以把他們抓去警察局啊！」李安娜又說。

「他們兩個被我打到逃跑了，而且跑超快的，我根本來不及追！」蕭吉攤攤手。

「是你太胖跑不動吧，哈哈哈！」李安娜大笑，「也不看看你那顆肚子，怎麼可能追得上他們！」

不對，安德魯又想，是蕭吉被艾迪恩壓在地上打，什麼事都做不了。

蕭吉想繼續反駁，但新聞台播放的最新監視器畫面讓他瞬間閉上嘴巴，一句話都不敢說。

安德魯和李安娜也看著新聞，只見螢幕上出現蕭吉的身影，但他沒有像自己所說的那般神勇，反而是被外國人壓在地上打。

「靠北啊！新聞怎麼給我播這一段啦！」蕭吉瞬間臉紅。

「哈哈哈哈哈哈！」李安娜捧著肚子大笑。

安德魯笑不出來，只是默默盯著電視畫面，腦袋不斷思考一件事。

新聞為什麼沒有公開蕭吉被艾迪恩打了之後的畫面？

在那之後，安德魯先是襲擊艾迪恩的臉，接著搶走另一個黑色背包，這些為什麼都沒有報導出來？

明明都被拍到了不是嗎？是警方沒有提供後面的影片給新聞台嗎？他們是不是在

盤算什麼，所以刻意不公開？

好不容易稍微放鬆一點的安德魯，突然又有點緊張了。

3

在法悠度假村超高級的房間裡睡到自然醒，蕭吉這才有活了過來的感覺，他暫時忘掉前幾天的不開心，把女園長和麥可的事拋諸腦後，現在只想跟心儀的李安娜一起環島旅行。

雖然，有個討人厭的電燈泡安德魯跟在身邊，但也是託他的福，蕭吉才能享受一場免錢的旅行，再說既然遇到這個掏錢不囉唆的外國人，他當然要好好削一頓。

吃完豐盛的飯店早餐，蕭吉就拉了兩人到度假村的商店街買衣服，畢竟他和李安娜都沒帶行李就上路，總不能每天都穿同一套臭衣服。

儘管李安娜事先要他客氣一點，蕭吉還是忍不住看到喜歡的就買，讓自己全身上下都換了度假風的裝扮，一口氣花掉安德魯五千多元。

不僅如此，蕭吉還慫恿他們買泳衣，待會可以到附近的大豹溪玩水，消除一下台灣七月熱死人的暑氣。

「我們買衣服已經讓安德魯花很多錢了，就別買泳衣了吧！」李安娜馬上拒絕。

「沒關係、沒關係！」安德魯笑著拍拍自己胸脯，「我有錢，可以買泳衣。」

「還是安德魯上道！而且七月就是要玩水才過癮，我知道大豹溪有個沒人知道的戲水天堂，一定要帶安德魯去看的啦！」蕭吉積極勸說，他一心想看李安娜穿泳衣的模樣，最好還是比基尼三點式的那種。

「好吧。」李安娜只好答應。

三人買完泳衣，就先到各自的房間裡換上，接著辦理退房，開車前往蕭吉提到的戲水天堂。

車子開了快半小時，在山路上不停彎來繞去之後，總算來到目的地。

下車時，蕭吉看到安德魯把隨身的白色背包也帶下車，忍不住開口：「安德魯，背包不用帶啦！放車上就好。」

「沒關係，我要帶。」安德魯把背包抱在懷裡。

「拜託！這裡又沒有人，誰要偷你的背包啊！」蕭吉笑得有些不屑，「難道那裡面裝的都是錢喔？哈哈哈！」

安德魯只是笑了笑，沒說話，依然不肯把背包留在車上。

「你很無聊耶！安德魯就是想帶背包不行喔，管那麼多！」李安娜推了蕭吉一把，「玩水的地方在哪裡啊？我快熱死了！」

「再往裡面走一小段路就到了！」蕭吉吆喝一聲，揮了手要兩人跟著他走。

穿越一段山區小徑之後，三人來到蕭吉所說的戲水天堂，只見一潭清澈溪水呈現眼前，水深超過一個人高，一旁還有道小瀑布從高處流洩而下，激起陣陣白色水花。

「天啊！這裡真的是天堂耶！重點是都沒有人！」李安娜馬上露出燦爛笑容，與奮地脫掉身上衣服，只剩原本就穿在裡面的比基尼泳衣，「蕭吉，我太愛你了！」

李安娜開心到直接衝進水裡，像個孩子般玩了起來。蕭吉站在岸邊，偷偷欣賞著李安娜的豐胸細腰與白皙美腿，那接近完美的身體線條，讓他都快起了生理反應。

他想趕快脫掉衣服，只穿著泳褲進入沁涼水裡，好澆熄自己體內的火氣。

蕭吉雙手正要將衣服往上拉，就看到安德魯從身邊走過，他先把白色背包放在岸邊的大石頭上，再脫掉衣服和褲子，只留一件早就換好的泳褲。

一看到安德魯的身材，蕭吉就知道自己徹底輸了。

安德魯有結實的胸肌，蕭吉只有兩團像女人E罩杯的大乳房；安德魯有六塊腹肌，每一塊都清楚可見，蕭吉只有一圈軟綿綿白花花的大肥肚；安德魯有叫人羨慕的小翹臀，蕭吉只有鬆垮垮油滋滋的大屁股。

更該死的是，安德魯比他有錢太多了！

一口氣答應每人十萬的環島旅行酬勞，九千元的房間一出手就是三間，蕭吉忍不住好奇，安德魯到底帶了多少錢來台灣，可以這樣揮霍？搞不好那個白色背包真的塞滿鈔票，所以安德魯才堅持包不離身。

「安德魯！你胸口上有刺青耶！」泡在水裡的李安娜突然指著安德魯胸膛，興奮大叫，「那是中文字嗎？安德魯的安？」

「對，安德魯的安。」安德魯摸摸胸口上有如巴掌大的「安」字刺青，「也是李安娜的安。」

「哈哈哈！」蕭吉突然大笑，「安德魯，你去找誰刺的啦？那個『安』刺反了啦！怎麼會左右相反呢？」

安德魯只是傻傻笑著，沒說什麼。

「你看！我也有喔！」李安娜迅速跑上岸邊，叫安德魯看她的左手腕，「我也有刺一個『安』字，在這裡！」

蕭吉聽了趕緊湊到兩人中間，他看著李安娜的左手腕，真的也有一個小小的「安」。

靠北啊妳不要說這個叫緣分喔！蕭吉在心裡嘶吼。

「安德魯，我們好有緣分喔！身上都有『安』的刺青！」李安娜對安德魯呵呵笑著，「難怪我們一個住美國，一個住台灣，卻能透過臉書在網路相遇。」

「緣分是什麼？」安德魯搔搔頭，不太懂。

「緣分就是……」李安娜也傻了，轉頭望向蕭吉，「這要怎麼解釋啊？」

「這算什麼緣分啦！你們只是剛好用自己名字的一個字來刺青而已，又沒有什麼，」蕭吉一臉不以為然，「這個叫做巧合！」

「巧合又是什麼？」安德魯又問。

「巧合就是……」蕭吉和李安娜異口同聲，但也同時放棄解釋。

蕭吉不想讓他們繼續把話題圍繞在刺青上，那一大一小兩個「安」字的刺青讓他覺得礙眼，尤其一扯到緣分，更容易讓身為女生的李安娜胡思亂想。

好巧喔！我們真有緣！一切都是命中注定的！安德魯，我們肯定是前世約好的，這輩子才會這樣相遇。

既然如此，那我們就在一起，成為跨國戀人吧！

蕭吉就怕這種事發生，如果李安娜真有和安德魯命中注定要相戀的想法，那他也不用追了，可以直接宣告放棄。

得想個辦法讓安德魯盡快離開台灣，環島旅行隨便走一走就好，盡早結束才不會讓他跟李安娜擦出愛的火花。

問題是，該怎麼讓安德魯提早結束這趟旅行？得讓他覺得台灣是座鬼島才行，最好嚇到不敢久留，蕭吉在心裡這樣盤算。

「蕭吉，你怎麼還不脱衣服？脱了才能下水啊！」李安娜説完，就拉了安德魯跳進清涼的溪水裡。

儘管身材比不上安德魯，但都已經來了，泳褲也穿在身上，就算千百個不願意，蕭吉也只能把衣服脱掉，努力縮起肚子，一踏進水裡就讓自己的脖子以下都泡在水裡。

「蕭吉，你怎麼會知道這個戲水天堂？」李安娜突然開口問。

「因為我有個好朋友死在這裡，」蕭吉隨口亂說，還指著兩人身後的深水區，「淹死的。」

李安娜和安德魯嚇了一跳，不約而同地回頭看，接著緩緩把頭轉回來，看著彼此。

「蕭吉，你是開玩笑的吧？」李安娜聲音有些顫抖。

「騙人的吧？」安德魯表情也不太對勁。

「我每個夏天都會來這裡……懷念他。」蕭吉看兩人被他騙到，尤其安德魯開始慢慢往岸邊移動，樂得他決定唬爛下去，「他很會游泳，本來不該死的，誰知道剛好倒楣遇到抓交替的。」

「抓交替？」安德魯愣住，停下腳步，「那是什麼？」

「就是……」李安娜想繼續説，但猶豫一下，「安德魯，你還是不要知道比較好啦！」

「讓安德魯知道有什麼關係？他都來台灣了，就順便瞭解我們的民間習俗啊！」

蕭吉又開始說了起來，「那年，我朋友一個人跑來這裡玩，本來游泳游得很開心的，誰知道……」

誰知道游到一半，突然右腳被不知名的東西抓住，他往水裡一看，腳邊只有清澈的溪水，根本沒有任何東西。於是他知道自己遇到鬼了，以前有個人意外溺死在這裡，因為不甘心，就陰魂不散，被困在原地，想投胎轉世也沒辦法，必須找到一個替死鬼才行。

他努力掙脫，拚了命想往岸邊游去，但水裡的鬼不讓他走，一直把他往下拉。就這樣，他體力盡失、四肢癱軟，慢慢地往水裡沉下去，最後就成了替死鬼，除非他能找到下一個倒楣的人，否則永遠無法解脫。

「我那個朋友太無辜了，」蕭吉故意嘆了好大一口氣，「唉！如果他不是自己一個人來，今天就能活得好好的。」

「所以，抓交替就是交換的意思？」偷偷離開溪水，坐在大石頭上的安德魯突然問蕭吉，「本來是我要死的，但是交換了，就變成你死。」

「對、對、對！」蕭吉笑著點頭，隨即又搖頭，「不是啦！抓交替不是這個意思，應該是說本來我不用死的，但是因為你的關係，我才會死。」

「原來這個就叫抓交替，」安德魯露出微笑，又重複一次，「本來你不會死的，因為我，所以你死了。」

「對啦！這就是抓交替，」蕭吉笑了笑，突然臉色一變，「呸呸呸！我舉這個什麼爛例子，什麼叫我死了！」

「哈哈哈！蕭吉你好白痴喔！」李安娜樂得拍手，「我剛剛聽了還想說你幹嘛詛咒自己啊？」

「我是要解釋給安德魯聽，才沒有要詛咒自己死好嗎！」蕭吉翻了白眼。

「可是我覺得不太對耶！你的朋友自己跑來這裡游泳，」李安娜慢慢漂到蕭吉身邊，用手戳了他的肩膀，「你又不在場，怎麼會知道那些抓交替的細節？」

「啊……」蕭吉愣了一下，露出裝無辜的笑容，「因為他托夢給我。」

「托夢啊？」李安娜抬起雙手，放在蕭吉頭上，「他怎麼不拖你下水呢？他不是在等抓交替嗎？叫他現在抓你啊！」

李安娜突然把蕭吉的頭往下壓，讓他的眼睛、鼻子和嘴巴全浸泡在水裡。

「你再騙嘛！你不知道我最怕鬼了嗎？為什麼要掰這種爛故事啦！」李安娜氣得大吼。

「救命啊！救命啊！我不想死啊！」蕭吉急著把頭伸出水面，兩隻肥手不停打著水花。

「哈哈哈哈哈！」看著兩人嬉鬧，安德魯忍不住大笑。

$ $ $

下山途中，蕭吉和李安娜在前座大聲哼唱中文流行歌曲，獨坐後面的安德魯看著車外風景，不斷思考蕭吉剛剛說的「抓交替」。

我本來不用死的，但因為你，所以我死了。

他想到自己的叔叔安德森，雖然他目前人在台灣活得好好的，但某層面來說，也是一種抓交替。

叔叔本來不用離開羅馬尼亞的，如果不是安德魯小時候發生不好的事，叔叔就不會把他接到自己家裡住，更不會為了想多賺一點錢，冒險接下義大利黑手黨的槍枝走私任務。

如果叔叔沒有去日本，自然就不會意外弄丟槍枝，也不會被義大利黑手黨追殺，更無須搭船逃亡到台灣，被迫在人生地不熟的異鄉求生存，一輩子沒辦法回到自己的家。

如果叔叔沒有到台灣，長大後的安德魯就不會加入俄羅斯犯罪集團，千里迢迢飛來找他了。

這也是一種抓交替吧，安德魯心想。

「咦？後面那台銀色福特幹嘛一直跟著我們啊？」開車的蕭吉突然停止唱歌，指著車後方，「路上又沒什麼車，隨時都可以超車啊！搞得我有點緊張。」

「我看！我看！」李安娜回頭，望著後方車輛上的駕駛，「是兩個外國人耶！」

安德魯下意識地提高警覺，也立刻回過頭，看著蕭吉口中說的那台銀色福特。

車上真的坐著兩個外國人，他們一看到安德魯的目光，竟然就把眼神移開，好像裝作沒在看他似的。

安德魯覺得不對勁，這台車不是剛好跟在後面，而是刻意在追蕭吉的車。

該不會是瘋狗先生的人？

「蕭吉，慢一點。」安德魯開了口。

「讓他們先過是不是？好喔！」蕭吉點點頭，真的刻意放慢速度。

安德魯又回頭看著銀色福特，只見兩台車的距離愈來愈近，彷彿就快撞上了。

突然，那台車打了方向燈，隨即車頭向左偏移，一下子就從蕭吉的車旁超了過去，接著加快速度揚長而去。

「呼！終於擺脫了，我最討厭人家跟在我後面，不舒服！」蕭吉大聲吼叫。

安德魯也鬆一口氣，看來是自己想太多了，怎麼會懷疑那是瘋狗先生派來抓他的人？

那是不可能的事，現在連警察都很難找到他，對台灣不熟的俄羅斯犯罪集團，當然不會知道他在哪裡。

車子繼續往前開，沒多久，蕭吉在山路邊的便利商店前停了下來。

「好渴，我要去買飲料。」蕭吉拉開車門，準備下車，「你們要喝什麼？」

「我也要去！」李安娜回頭，「安德魯，你想喝什麼，我幫你買。」

「水。」安德魯簡單回答。

「拜託！天氣這麼熱，喝水哪夠啊！我幫你買可樂好了！」李安娜說。

「吼！妳嘛幫幫忙，可樂全世界都買得到好不好！」蕭吉當場吐槽李安娜，「安德魯都來台灣了，當然要喝這裡才有的汽水啊！」

「黑松沙士！」李安娜脫口而出。

蕭吉和李安娜下了車，兩人蹦蹦跳跳往便利商店走去，安德魯拿起手機，打開Google地圖，想看看自己所在的位置。

他們還在山區內，下了山就會抵達三峽市區，安德魯心想，待會要不要請蕭吉在那裡繞一繞，因為他還沒透過Google地圖的街景功能，找看看三峽有沒有安德森叔叔的黃色小屋。

如果叔叔真的住在三峽，而他們就這麼錯過了，豈不是很可惜。

收起手機，還在思考等一下該怎麼跟蕭吉開口時，安德魯突然瞄見一台銀色福特從旁經過，還在前方不遠的路邊停了下來，接著車門打開，走下兩名外國人。

是剛剛那兩個外國人。

安德魯倒吸一口氣，那兩人剛剛不是已經超過他們了？照理說不會回頭，怎麼還會在這裡出現？

而且，他們還朝蕭吉的車走過來，愈靠愈近……

安德魯趕緊把車門鎖上，正準備也把前座的車門鎖好時，只見那兩個外國人突然衝過來，伸手就想打開安德魯身旁的車門。

砰！砰！砰！砰！砰！砰！

其中一名外國人用力敲打安德魯的車窗，示意要他開門，但安德魯死都不肯，他知道只要開了門，自己就可能有生命危險。

另一個外國人發現前面的車門沒鎖，就直接把門打開，伸手進來拉開安德魯身旁的車門鎖。

接下來的事情發生得太快，讓安德魯措手不及，他被敲打車窗的那人拉出車外，同時間，另一人鑽進車裡，搶走他裝滿鈔票的白色背包。

安德魯確定兩人是瘋狗先生派來的，問題是怎麼會找到他？他們除了要把錢搶回去，是不是也想殺掉他？

安德魯知道自己命在旦夕，只是不知道他們何時會動手，是就地解決，還是把他帶上那台銀色福特，再找個沒人的地方私刑處理？

沒時間多想了，他必須趕快掙脫，否則小命真的不保，那就沒機會見到安德森叔叔了。

可是安德魯掙脫不了，抓他下車的人雙手緊緊扣住他的脖子，另一人也跟了過來，還從腰後抽出一把小刀，眼看就要朝他的肚子刺下去。

「喂！你們在幹嘛？」一旁，傳來蕭吉激動的嘶吼聲，「放開他！」

「啊！啊！啊！住手！」緊接的是李安娜的尖叫聲。

安德魯看著李安娜和蕭吉，心想來不及了，他們跟自己之間的距離太遠，手上除了剛從便利商店買來的飲料，沒有任何攻擊武器。

這一刀，看來是躲不掉的。

安德魯等著挨痛，沒想到那把來勢洶洶的刀竟沒刺進自己的肚子，反而掉在地上了。

安德魯睜大眼睛，這才知道那個外國人的胯下被蕭吉用力扔來的汽水瓶擊中，他正痛得跪在地上緊抓褲襠裡的命根子。

下一秒，安德魯聽到空氣中傳來汽水急速噴來的聲音，他隱約知道會發生什麼事，趕緊閉上眼睛，果然立刻感受到冰涼汽水噴上自己臉頰的衝擊。

架在他脖子上的那雙手鬆開了，安德魯先用衣服擦掉臉上的汽水，接著睜開眼睛，看到剛剛抓住他的外國人，正用手戳揉自己的雙眼，看起來好像很痛苦。

「安德魯，快上車！」蕭吉朝安德魯大吼，同時拉了李安娜上車。

「等一下！」安德魯先是搶回白色背包，接著在兩個外國人的胯下各補上一腳，讓他們痛到爬不起身，再衝向那台銀色福特，拔起車鑰匙往一旁的山溝裡丟，這才回到蕭吉的車上，「走！」

安德魯一關好車門，蕭吉就用力踩下油門，以最快的速度離開。

「他們是誰？為什麼要抓你？」李安娜著急地回頭問安德魯。

「嚇死人了！連刀子都拿出來，擺明要殺你嘛！」蕭吉也直呼不可思議，「安德魯，你認識他們嗎？」

「會不會只是隨便找目標？」李安娜又問，「剛好遇到你一個人在車上，就找你下手？」

「可是他們剛才就在跟我的車耶！」蕭吉反駁，「我覺得不是隨機犯案的，他們一定是故意超車給我們看的，之後再回頭來找安德魯。」

「安德魯，你知道他們是誰嗎？」

「他們還會不會追來啊？」

「應該不會吧！安德魯都把他們的車鑰匙丟到山下了！」

李安娜和蕭吉你一言我一語的，還不時回頭問安德魯，但安德魯一句話都沒說，只是低著頭看手機上的Google地圖，不斷確認自己所在的位置。

他們剛離開山路來到三峽市區，一路往西前進，只要過一座橋就會進入鶯歌，再往前走，就是桃園市了。

手機螢幕上那顆藍色圓點緩緩移動，讓安德魯看得出神，當圓點通過那座大橋時，他突然恍然大悟了。

問題就出在他的手機，俄羅斯盜領集團一定是利用手機發送的定位功能，才能掌握他的行蹤。

那些人都能透過木馬程式駭進萬福銀行的系統，讓提款機自動吐鈔了，想要入侵安德魯的手機，再下指令發出他的所在位置給總部知道，一點都不困難。

「蕭吉！停車！」安德魯突然開口。

「怎麼了？」蕭吉趕緊踩了煞車，把車停在路旁。

安德魯沒再多說，只是拉開車門，帶著手機往回跑，他跑到那座橋的正中間，看著橋下深不見底的河水，毫不猶豫就把手機往河裡扔。

這下子，瘋狗先生的人再也找不到他了。

$　$　$

站在店門口排隊，李安娜往裡頭看著這家空間不大、但幾乎每個桌子都坐滿客人的麵店，覺得有些不可思議。這家店沒有招牌、沒有菜單，只賣一碗一百元的牛肉麵，生意怎麼能好成這樣？

甚至連新聞記者都來採訪，一個扛著攝影機的大哥就站在老闆身後，拍攝他揮汗如雨的工作身影，而拿著麥克風的女記者則在一旁介紹這間店。

「看到沒有，連新聞台都來採訪了，我就說這家麵店超好吃的啦！」蕭吉臉上有些得意，像是在跟李安娜邀功，「等一下妳吃了就知道，排隊排再久都值得！」

這家牛肉麵好不好吃，李安娜根本不在乎，她現在只擔心安德魯，順利擺脫那兩個外國人之後，這一路上他都沒說話，剛剛不知道為什麼還突然下了車，把手機丟進河裡。

太奇怪了，她完全搞不懂是怎麼一回事。

「安德魯，到底發生什麼事了？」李安娜忍不住又問站在身旁的安德魯。

「對啊，那兩個人到底是誰？」蕭吉也搭腔，同樣是滿臉問號，「為什麼會找上你？我愈想愈覺得他們是針對你來的！」

安德魯還是沒說話，持續低頭好像在沉思什麼，但那表情又像是在放空，什麼都沒想。

「安德魯，我很擔心你。」李安娜眼神顯得焦慮。

「對不起……」終於，安德魯開了口，「我騙你們。」

「你騙我們什麼？」李安娜好吃驚，趕緊又問，「你真的認識那兩個外國人？」

「不認識。」安德魯搖頭。

「那他們為什麼要抓你？而且連刀子都拿出來了！」蕭吉也追問。

「他們……」安德魯看著兩人，眼神正經，「想抓我叔叔。」

聽著安德魯努力用他所會的中文解釋，李安娜終於慢慢拼湊出整件事。

原來那兩個外國人是來抓安德魯的叔叔安德森，他兩個月前跟美國FBI告密，揭發一個犯罪集團的不法勾當，後來身分不小心曝光，被集團派出的殺手追捕，只好匆忙逃到台灣避難。

前幾天，叔叔寄了一張在台灣拍的黃色小屋照片給安德魯，說自己就住在那裡，目前平安沒事，要他放心。

但安德魯還是擔心叔叔，知道他匆忙之間逃來台灣，一定沒帶什麼錢，於是收到信之後就立刻趕過來，希望盡快找到他。

沒想到那個犯罪集團暗中監視安德魯，以為能透過他找到叔叔安德森，因此用電腦技術駭進他的手機，就這麼一路跟蹤到台灣，並在三峽山區出手，想把安德魯綁走。

「對不起，我騙你們，我要找叔叔，不是要環島旅行。」安德魯低聲道歉。

「唉唷！你怎麼不早講！」李安娜有些不高興，安德魯這樣實在太見外了，「我們可以幫你找叔叔啊！不然你一個人怎麼找，台灣你又不熟！」

「你叔叔住在哪裡？有沒有地址？」蕭吉馬上問。

「沒有。」安德魯搖頭。

「那要怎麼找啊？」李安娜又擔心了。

安德魯從背包裡拿出照片，李安娜和蕭吉同時湊了過來，一起看著照片上的黃色小屋。

「這是你叔叔住的房子？」李安娜問。

「對，我不知道在哪裡。」安德魯苦笑。

「這看起來很像是眷村的房子，」蕭吉指著照片，分析他發現到的線索，「傾斜的屋頂、低矮的一樓平房，窗戶外的這種鐵窗現在沒人在裝了，應該有一定的年代感，房子外面還有小圍牆……很多眷村都長這樣啊！」

「眷村？」安德魯又問。

「這個……眷村解釋起來有點複雜耶，算了，你不用知道眷村是什麼啦！」李安娜輕輕拍了安德魯的肩膀，「反正這種房子沒有很多，而且外牆全都漆成黃色的更少，應該不難找到你叔叔。」

「李安娜，妳想得太天真了吧！」蕭吉忍不住吐槽，「全台灣有多少眷村妳知不知道？這樣是要怎麼找啦！」

「交給你啊！你不是台灣通嗎？」李安娜搥了一下蕭吉的肚子，「你一定可以幫安德魯找到他叔叔的！而且要快喔，不能讓那些外國人先找到，就拜託你了！」

「好啦好啦！桃園就有一些眷村，等一下吃完麵，我們先去找找看。」蕭吉看著安德魯，笑得有些自信，「如果運氣夠好，今天就可以找到你叔叔。」

安德魯終於露出微笑，李安娜在旁看著他的笑容，這才暫時放下心，同時也發現他笑起來嘴角旁有個淺淺的酒窩，還蠻可愛的。

又有幾個客人離開，終於輪到李安娜他們走進店裡，點的三碗牛肉麵很快就送上來，李安娜一吃，果然豎起大拇指稱讚蕭吉，直呼剛剛排那麼久的隊果然值得。

李安娜看著安德魯用筷子吃麵的模樣，儘管不像她和蕭吉那般順手，但也能順利夾起滑溜的麵條，覺得很是佩服。

他不但中文學得挺好，筷子也拿得有模有樣，這個人到底有多愛台灣，才願意花時間學習這些東西？

「待用麵是什麼意思？」安德魯盯著牆上一張壁報紙，最上面寫著「待用麵」三個大字，下面則是貼了幾十張黃色便條紙，每張上面都寫了一個名字。

「就是有些客人可以先付一些錢給老闆，留著給沒什麼錢的低收入弱勢族群，這樣他們來吃牛肉麵就不用花錢了，等於是請客的意思。」李安娜解釋待用麵的含意。

「那些就是先付錢的客人，」蕭吉指著黃色便條紙，補充說明，「名字寫上去，才知道是誰做的善事啊！」

「先付錢？低收入？弱勢？請客？」安德魯聽了兩人解釋，歪著頭努力想理解這其中的邏輯關係。

「哈哈哈！李安娜，妳解釋得有點複雜耶，安德魯的中文沒到那種程度，好像聽不太懂。」蕭吉先笑了幾聲，接著開始演起來，「安德魯，其實待用麵很簡單的啦，就是你沒有錢吃麵，但是我有錢，所以我就先拿一點錢給老闆，當作我幫你出錢，這樣你想吃的時候就可以來吃，不用花自己的錢。」

「喔！喔！喔！」安德魯似懂非懂地點頭。

這讓李安娜忍不住笑出來，不知道安德魯到底有沒有聽懂，不過那一點也不重要，現在她只想趕快把麵吃完，然後帶安德魯到桃園的眷村繞一繞，希望能順利找到他叔叔。

「台灣人善良！」安德魯比出大拇指，做出結論。

「哈哈！台灣人也有不善良的啦！」李安娜淺淺笑著，同時在心裡想，她自己就沒有多善良，還盜領客戶一百萬存款。

「安德魯，有些人只是想花錢買福報而已啦！」蕭吉也笑了。

「福報？」安德魯又不懂了。

「福報就是……」李安娜覺得頭痛，這兩個字要怎麼解釋給外國人聽。

「就是幸運啦！」蕭吉看到李安娜遲疑了，馬上幫她解釋，「你出錢，其他人吃麵，你就可以得到幸運，想要什麼就有什麼！」

「對對對！蕭吉你好會講喔，簡單又好懂！」李安娜拍拍手，認真跟安德魯說，

「我以前教過你一個成語，心想事成，你想要的都可以實現，福報就是這個意思。」

安德魯點點頭，看著牆上的「待用麵」三個字，好像在想什麼。剛好老闆走來把麵端給隔壁桌客人，正要離開時安德魯突然叫住他，先是比了牆上「待用麵」的壁報紙，又從背包外層的口袋拿出一萬元，交給老闆。

老闆嚇了好大一跳，連李安娜也大為吃驚，她沒想到安德魯竟然這麼大方，一出手就請一百位沒錢的客人吃牛肉麵。

「謝謝！謝謝！」老闆笑著道謝，還問安德魯叫什麼名字，他要寫在黃色便條紙上，讓之後可以享用的客人知道。

「安德森。」安德魯報上他叔叔的名字。

李安娜聽了好感動，知道安德魯只想盡快找到叔叔，甚至願意花一大筆錢買福報，只求一切順利。

老闆離開後，剛剛在介紹這家店的女記者走了過來，身旁還跟著攝影大哥，他們就站在李安娜等人的桌子旁邊。

「請問，我可以採訪你們嗎？」女記者開口詢問，「想聽聽你們對待用麵的想法，還有這家店的牛肉麵好不好吃？」

「採訪我們喔？」看到攝影機，李安娜有些興奮，不經意地撥撥自己的頭髮。

「對，可以嗎？」女記者指著安德魯，「我剛剛看到這位外國客人給了老闆一筆錢，覺得很有新聞賣點，收視率一定會很高。」

李安娜想直接說好，但她看了安德魯一眼，發現他又低著頭，還刻意用手遮住自己的臉，好像很不想被攝影機拍到。

她突然意識到自己太粗心了，現在有兩個外國人急著想找到安德魯，如果接受採訪，萬一讓他們在電視上看到安德魯，那不就等於把行蹤洩漏出去了？

接著李安娜又想到自己的處境，她沒去萬福銀行上班，也沒回襄理宋翰彬的訊息，完全呈現人間蒸發的狀態，要是被人看到她上了新聞，不也是給自己找麻煩嗎？

「對不起，我們不想接受採訪，不好意思了。」李安娜趕緊拒絕。

「沒關係，謝謝你們。」女記者碰了軟釘子，馬上轉身詢問其他桌的客人。

李安娜看記者和攝影大哥忙著採訪拍攝，不免有些感慨，如果沒有發生那些煩人的事，安德魯這張帥臉就能登上台灣的新聞了。

這多有紀念意義啊！

$ $ $

吃完午餐，離開牛肉麵店之後，安德魯在熟門熟路的蕭吉帶領下，開車繞了桃園一個又一個眷村，尋找外牆刷上黃色油漆的低矮平房。

可惜一無所獲，安德魯找不到那張照片上的黃色小屋，還無法見到思念多年的叔叔。

簡單吃過晚餐，他們繼續走訪散落各地的老眷村，但希望依舊落了空，安德魯的叔叔並不在桃園，他知道必須再往南方找。

時間愈來愈晚，三個人都累了，他們先在鬧區的服飾店買新衣服，好替換今天在烈日底下流汗發臭的一身髒衣。安德魯本來以為又要花掉好幾張鈔票，畢竟蕭吉花他的錢一點也不手軟，但意外的是蕭吉似乎客氣了不少，竟然都挑便宜的。

就連晚上住的也比昨天省錢許多，蕭吉沒有帶他們到奢華享受的高級飯店，而是就近找了平價旅館，三個人三間房，還四千元有找。

跟兩人拿了身分證，安德魯刻意獨自走到旅館櫃檯付錢，在交出印有羅馬尼亞國籍的護照給櫃檯人員登記時，他忍不住猜測這應該是李安娜的意思。

一定是她私下跟蕭吉說好了，不要花太多錢，能省則省，畢竟安德魯是來台灣找叔叔的，肯定需要把錢留在身邊。

李安娜果然是個貼心的女孩，安德魯過去跟她在臉書上聊天時，就一直有這種感覺，如今實際碰了面相處，更是打從心裡這樣認為。

如果能用真實的身分跟她認識就好了，安德魯突然覺得感慨，他真不想假裝自己是美國人，更不希望花的錢全都是盜領來的贓款。

辦好入住手續，領了三張房卡，安德魯準備帶李安娜和蕭吉上樓時，他看到一對皮膚黝黑的情侶牽著手走進旅館，跟櫃檯開了一間房。

安德魯有些好奇，這兩人的皮膚怎麼比這幾天看到的台灣人還要黑，而且彼此交談時說的是他聽不懂的語言。

大概是看穿安德魯眼中的疑惑，蕭吉湊到他耳邊，帶著笑意小聲地說：「他們是泰國人啦，應該是來台灣工作的外籍勞工，晚上跑來這裡開房間。」

從泰國來台灣工作？來這裡開房間？難道沒地方住嗎？一連串的問號在安德魯腦中閃過，但這也不關他的事，還是先進房間休息吧。

三人走進電梯，安德魯按下三樓的按鍵，電梯門正要關上時，那對泰國情侶也走了進來。

安德魯注意到他們沒按下樓層按鈕，看來也一樣要去三樓。

電梯緩緩上樓，門開了，五個人一起走出電梯，往各自的房間走去。

那對泰國情侶走得有點急，兩人還盡量低著頭，彷彿不想跟安德魯等人對到眼。

他們很快找到自己的房間，房門一開就走了進去，動作俐落地關門。

「安德魯，他們剛好就住在你隔壁間耶，半夜應該會聽到一些聲音喔！」蕭吉拍拍安德魯肩膀，笑得有些曖昧。

「什麼聲音？」安德魯好奇。

「就是嗯嗯、啊啊、嘿嘿、咻咻的聲音啊，搞不好你會被吵到睡不著覺！」蕭吉扭動屁股。

「蕭吉！你閉嘴啦！」李安娜沒好氣地往蕭吉屁股打下去，接著跟安德魯揮手道別，「今天早點休息吧，晚安！」

和兩人說晚安後，安德魯走進房間，把裝滿錢的白色背包放進衣櫥裡，接著到浴室洗了熱水澡。洗去一身臭汗之後，直接躺在床上打開電視機，關心萬福銀行提款機盜領案的最新發展。

女主播說警方循著提款機的監視器畫面，查出那些盜領車手所住的飯店，再一路追蹤到他們昨天早上就分別搭乘不同的班機飛離台灣，目前正在調查那些被盜領的金錢是否已經被帶出國。

安德魯豎起耳朵，注意聽女主播有沒有提到自己的名字，好險沒有。

新聞畫面接著跳出好幾個外籍男子被拍到臉孔的監視器畫面，有人走在機場大廳被拍到，有人在飯店櫃檯登記時被拍到，也有人是在台北逛街時剛好抬頭和監視器對到眼……

一共十七人，其中五個是跟安德魯一起從土耳其出發的成員，包括和他同組行動的艾迪恩，剩下的十二人他都沒見過，應該是從俄羅斯或香港飛來台灣的。

那些監視器畫面裡，安德魯沒有看到自己的身影。

這讓他覺得納悶，警察能找到這麼多人的身影，怎麼可能錯過他一個？就算他刻意留著鬍子來台灣，沿路盡量避免被監視器拍到，但再怎麼小心，也不可能逃得過吧。

還是警察另有盤算，想等到適當時機才公開他的影像，免得打草驚蛇。

安德魯開始懷疑自己已經被鎖定了，搞不好警察正在布局，只是不知道何時才會出手將他逮捕。

安德魯拿起遙控器，轉到其他新聞台，想瞭解更多案情最新的調查結果，不過看來看去都差不多，每一台能掌握到的進度有限，再看下去也沒什麼意思。

安德魯按下遙控器的電源，電視畫面一下子陷入黑暗，房間裡不再有任何聲音，正想閉上眼睛睡覺時，耳朵突然聽到從牆壁傳來的碰撞聲，以及男女明顯在喘息的聲音。

是那對住在隔壁房的泰國男女，還真的被蕭吉說中了，他們特地來這間旅館做愛，此時正激情地享受彼此的身體。

那聲音讓安德魯覺得彆扭，他不想聽到別人在床上肉體交纏的聲音，只好又把電視打開，隨便看點什麼。

看著看著，安德魯感覺到睡意來襲，他半瞇著眼看電視，意外看到今天去吃的那間牛肉麵，畫面裡的女記者先是採訪麵店老闆，隨後又詢問幾個客人吃完麵的感受。意識愈來愈模糊，他彷彿在電視上看到自己的身影，還有蕭吉和李安娜，他們同桌吃麵，一口接一口吞下麵條，觀眾看了應該會覺得這家牛肉麵很好吃吧，接下來的生意肯定會更好。

然後他就睡著了，直到有個女人的聲音把他吵醒。

「安德魯……」隱隱約約，安德魯好像聽到有人叫他。是李安娜嗎？安德魯睜開眼，想起房間裡只有他一人，本來以為是作夢，但是自己的名字又被叫了一次，這讓他瞬間清醒過來。

是電視機的聲音，一樣是新聞台，一樣是萬福銀行提款機盜領案的報導，提到「安德魯」的是女主播，安德魯以為她說的是自己，但仔細看了螢幕畫面才知道不是。

那是一個他沒見過的男人，不是被分派到提款機領錢的成員，應該是負責後續處理贓款的任務。

女主播說，這位來自拉脫維亞的安德魯今年四十一歲，身上很有可能藏有鉅款，剛來台灣的時候住在君悅酒店，後來就消失無蹤，警察正在積極追緝他的行蹤，也歡迎民眾提供線索，協助警方抓到他。

這下子安德魯再也睡不著了，他繼續盯著電視機，想要知道更多訊息，尤其是女主播會不會也把他這個安德魯報出來。

但沒有，女主播接下來又開始在講那些已經曝光的成員，指出他們已經搭機離開台灣，於是安德魯知道新聞又開始循環了，接下來怎麼看都一樣，除非天亮了才有可能出現新的報導。

安德魯的胸口有點悶，那個也叫安德魯的人讓他心裡不舒服，彷彿預見自己也會面臨同樣的遭遇，被電視新聞大肆報導，接著警察會把他列為追捕對象，更會鼓勵台灣民眾一起協助抓人。

到時，他躲得過嗎？他還能繼續尋找叔叔安德森嗎？陪他一起找人的李安娜和蕭吉，會不會因此受到牽連？

安德魯突然後悔把他們扯進來，他忍不住開始思考，要不要趁現在偷偷離開旅館，自己一個人去找叔叔就好了。

但是沒有李安娜和蕭吉的協助，台灣有兩千三百萬人，自己又該怎麼在茫茫人海中找到叔叔？

愈想愈頭痛，安德魯索性下了床，打開落地窗，走到陽台透透氣。

才剛深吸口氣讓自己精神好一點，眼前樓下的畫面讓他嚇到差點腿軟，連忙蹲下身子，只露出半顆頭在陽台邊，偷偷摸摸往下看。

旅館大門前停了兩台警車，車門旁站著兩名警察，正往旅館櫃檯的方向看去，那模樣就像在守住出口，不讓任何人離開。

安德魯知道完了，他果然已經被鎖定，現在警察直接找上門，擺明了要來抓他。

到底來了多少警察，需要動用到兩台警車？除了那兩個守住大門的，到底還有幾個警察進入旅館，甚至已經來到他的房間外，就等著破門而入？

安德魯沒空多想，他急著回到房間，放輕腳步來到房門後方，把眼睛湊到可以窺視外頭的貓眼前。透過小小的玻璃視窗，他看到走廊上站了幾個警察，表情專注而嚴肅，一副就是準備進來抓人的架勢。

怎麼辦？安德魯頓時六神無主，他小心翼翼不發出聲音，走到衣櫥拿出裡頭的白色背包，俐落地背在身上，再關掉房裡所有燈光，準備往陽台走去。

安德魯的運氣太好，這間房間的陽台剛好有緊急逃生用的緩降機，只要用它垂降到一樓，再小心避開守在旅館門口的警察，他就能平安脱困。

叮咚！叮咚！

就在安德魯走向陽台時，身後突然傳來門鈴聲，聽起來不像是他這間的，反而像是隔壁的，但此時也沒時間確認了，必須趕快離開這裡。

突然間，陽台有人影閃過，讓他差點尖叫出來。

安德魯以為是警察，定睛一看，才知道是那對住在隔壁間的泰國情侶，他們神情慌張，看到安德魯也嚇了一跳，連忙雙手合掌，低聲拜託。

一時間，安德魯無法理解他們怎麼會出現在自己的陽台，但定神想了想，他們一定是從隔壁的陽台跨過來的。

問題是，他們為什麼要冒著摔下去的危險過來呢？

安德魯有點聽不懂他們說的話，豎起耳朵聽個仔細之後，才知道是零零落落的英文，意思差不多是警察要來抓他們，拜託安德魯借他們用一下裝在陽台邊的緩降機，好從這裡逃走。

原來不是來抓他啊，安德魯頓時鬆一口氣，但隨即又覺得不對，警察等一下肯定會強行打開隔壁間的門，接著就會發現這對泰國人從他這間離開，到時絕對會問東問西的，只要一查起他的身分，就會發現他是俄羅斯犯罪集團的一份子。

安德魯知道自己也得跟著離開才行。

他急忙點點頭，表示願意讓他們從這裡逃走，甚至還幫忙操作緩降機，以安全的速度讓兩人先垂降到一樓。

接下來輪到自己了，安德魯將緩降機的安全索套在身上，再跨過陽台，邊垂降邊輕輕踢著旅館外牆，緩緩下降。

順利來到平地，安德魯才剛拿掉身上的安全索，就有人從後方迅速接近，還用力拉扯他的背包。

安德魯回頭，發現拉他背包的是那個泰國男人，一時間還以為他要搶奪，但隨即看到對方把食指抵在嘴唇上，示意要安德魯別發出任何聲音，接著又往上比了比。

安德魯抬頭，看到兩人那間房間原本是暗的，突然間燈光大亮，顯然警察已經破門而入，接著有人來到陽台左右張望，並且發現那條在旅館外牆晃動的垂降索。

事不宜遲，安德魯趕緊跟著泰國男女，彎著身快步離開。

一邊跑，安德魯一邊想自己之後該怎麼辦，原本一起行動的伙伴是李安娜跟蕭吉，現在卻變成完全陌生的兩個泰國人。

接下來他要怎麼找叔叔？

4

鈴—鈴—鈴—鈴—鈴—

黑暗中，旅館房間的室內電話突然響起，李安娜從睡夢中驚醒過來，她看了時間，現在是半夜三點多，不懂怎麼會有人這時候打電話來？

「喂？哪位？」被吵醒的李安娜口氣有些不好，但態度隨即一百八十度大轉變，「安德魯！你怎麼會打電話來？你在外面？忘了帶房間鑰匙嗎？」

講完電話後，李安娜覺得納悶，心想安德魯的手機不是丟進河裡了，怎麼還能從外面打電話給她？儘管搞不清楚狀況，李安娜還是聽從安德魯的指示，先打電話給睡在另一間的蕭吉，要他把東西都帶著，假裝兩人要出去買東西。

如果在旅館內看到警察，就盡量低調不要引起注意，要是被問跟他們一起住進旅館的安德魯跑去哪，就說什麼都不知道，只要盡快離開就好，然後開車到不遠處的一條小巷子，把安德魯接上車。

李安娜走出房間和蕭吉會合，沒在走廊上碰到警察，卻發現安德魯和隔壁間的房門都沒關。出了旅館，他們看到幾個警察拿著手電筒東照西照，還聽到一個警察手持無線電大聲嚷嚷，講著類似正在附近搜索的話。

她和蕭吉順利離開旅館，沒被警察攔下問話，兩人來到停車場，才一上車，蕭吉馬上開口。

「喂！現在到底是怎樣？安德魯怎麼不在旅館？為什麼有這麼多警察？」

「我不知道！反正我們先開車去找他啦！」李安娜神色慌張，雙手緊握。

「會不會是那兩個外國人找到他了，還意外驚動了警察？」蕭吉又問。

「等一下問他就知道了，你快開車啦！」李安娜超急的。

蕭吉開了車，火速趕到安德魯指定的地點，那是個半夜不會有人出現的小巷子。

車子才剛停好，一旁防火巷內突然衝出三個黑影，拉開車門就鑽了進來。

「安德魯！」李安娜看出第一個鑽進車內的是安德魯，頓時放下心，但看到後面兩個陌生臉孔時，就忍不住尖叫了，「啊！啊！啊！你們是誰！」

安德魯連忙用手指比了噓，等三人坐好關上車門，就拍拍蕭吉的肩膀，「開車！」

「去哪？」蕭吉回頭，一臉莫名其妙。

「都可以，不要回旅館！」安德魯說得正經，「走小路！」

蕭吉把車開走，在巷子裡鑽來繞去。李安娜漸漸平復心情，終於認出車上兩個陌生人是今晚在旅館看到的泰國情侶。

「你怎麼會跟他們在一起，還有那些警察在找什麼？」李安娜回頭問安德魯。

「警察要抓他們，因為……」安德魯突然不說話，趕緊拉了那兩個泰國人，要他們把身體縮起來。

「靠北！警察臨檢啦！」開車的蕭吉接著出聲，「安德魯，現在怎麼辦？」

李安娜回頭看著車子前方，才知道蕭吉已經把車開到大馬路上，而前方路口停了一輛警車，有個警察拿著指揮棒向他們招手。

「遇到臨檢一定要停下來，不然會被警察追的。」蕭吉說完，開始放慢車速，「他們會以為我是通緝犯，或是車上藏有毒品或槍械，不然幹嘛要跑？」

「安娜……」安德魯突然小聲叫了李安娜，「不要停，拜託。」

「為什麼？」李安娜不懂，又回頭看了安德魯一眼。

她被安德魯嚇了一跳，沒想到他會用極度害怕的眼神看著自己，彷彿車子一停下來，就會發生很可怕的事。

「救我……」安德魯說。

這句話，讓李安娜的神經瞬間繃緊，雖然不明白為什麼，但當下她只能憑著直覺，跟開車的蕭吉說：「不要停，衝過去！」

「靠！真的假的啦？」蕭吉想確認。

「真的！衝！」李安娜放聲大吼。

「幹！我會被你們害死！」蕭吉用力踩下油門。

車子加速前進，閃過停在路口的警車，一路向前狂奔，李安娜緊張地回頭，果然看到警察上了車，還亮起車頂的紅藍閃光，朝他們追來。

蕭吉愈開愈快，在桃園市的大馬路上跑給警察追，偶爾鑽進單行道逆向行駛，偶爾在十字路口突然來個大迴轉，但不管怎麼彎來繞去、東閃西閃，就是擺脫不了緊跟在後的警車。

「要死了！要死了！我沒事幹嘛給自己找麻煩！」蕭吉邊開邊抱怨。

「你飆車技巧很爛耶！趕快把警察甩掉行不行！」李安娜在旁抱怨。

「拜託，現在大半夜的路上根本沒有車子幫我擋警察啊！」蕭吉反擊。

噹─噹─噹─噹─

前方馬路傳來平交道的警示聲，兩道柵欄正緩緩下降，顯然很快就會有火車經過，李安娜看著柵欄愈降愈低，忍不住擔心。

「蕭吉，衝得過去嗎？」李安娜問。

「不行也得衝，不然一定會被警察攔住的！」蕭吉握緊方向盤，將油門踩到極限，「拎北跟你拚了啦！」

車子瞬間加速，衝向那正在垂降的柵欄下方，在眾人的尖叫聲中，李安娜察覺車頂擦撞到第一道柵欄，接著看見第二道柵欄硬生生打在擋風玻璃上，瞬間往上一彈，消失無蹤。

他們順利通過平交道了。

李安娜回頭，看到已經放下的柵欄把警車擋在後面，這才終於鬆一口氣。

車子繼續前進，蕭吉說一直在路上跑也不是辦法，警察只要請求支援，他們隨時會被四面八方趕來的警車圍捕，這時最好找個隱密的地方躲起來，等警察放棄了再說。

蕭吉把車開進路邊發現的廢棄工廠裡，更刻意躲在早已報廢的機械設備後面，就算有警車從外頭巡邏經過，也很難發現他們躲在這裡。

車子一熄火，四周頓時安靜下來，李安娜回頭看著安德魯和那兩個泰國人，想知道這個晚上到底怎麼了，她不懂好好一個平靜的夜晚，怎麼會突然來場警車追逐記。

「謝謝你們！我是阿班，」坐在後座的泰國男人先開口，緊握身旁女友的手，「這是我女朋友小琳，我們是泰國人。」

「我們來台灣工作，可是老闆對我們不好，所以要逃出來。」小琳一臉驚魂未定，但眼神充滿感激，「剛剛差點被警察抓回去，還好有你們……謝謝！」

「他們怎麼會跟你有關係？」李安娜看著安德魯，「你們又不認識，為什麼要一起跑出來？」

「因為……」安德魯欲言又止，彷彿在思考該怎麼用中文解釋，「他們好可憐，我想幫忙。」

安德魯簡單交代稍早發生的事，阿班和小琳為了躲警察，就冒險跨過陽台，來到他的房間求救。接著三人小心翼翼垂降到一樓，躲過警察之後就跑得遠遠的，安德魯再跟阿班借手機打到李安娜的房間，拜託她和蕭吉開車出來找他們。

「老闆是壞人！」阿班突然激動起來，「警察應該要抓他！」

阿班像是累積了許久的委屈，開始訴說老闆對他們的惡形惡狀，不但扣押護照、限制人身自由，還只給很少的薪水，連法律規定的一半都不到，但是一天要他們工作十八個小時，根本沒什麼時間睡覺。

「老闆還會打我們！」阿班拉起衣服，身上有棍棒抽打的傷痕，「只要我動作慢，他就打！」

「還會摸我屁股！」小琳眼眶含淚，不停搖頭，「我說不要，他就更想摸……」

小琳說不下去，阿班趕緊將她攬進懷裡，心疼不已。

李安娜聽了很是同情，她知道有些台灣老闆很壞，又瞧不起來台灣工作的外籍勞工，自以為了不起，使出各種壓榨手段，讓那些離鄉背井來到這裡賺錢的青年男女受盡折磨，苦不堪言。

她想跟安德魯說，不是所有的台灣老闆都是這樣，也有很好的雇主，對外籍勞工照顧周到。

但是李安娜沒開口，因為她看到安德魯默默流下眼淚，甚至還偷偷用手擦掉，彷彿不想讓人看到似的。

她突然發現，安德魯的內心好柔軟。

聽完阿班的遭遇，安德魯沉重地感慨一聲，「他們很痛苦，今天就偷拿護照跑掉了，晚上住那間旅館……可是，為什麼警察知道他們在那裡？」

「因為旅館住宿都要登記身分資料，晚上要回報給當地的警察局！」蕭吉突然插嘴，「那個可惡的老闆一定跟警察說你們跑掉了，你們又拿護照給旅館登記，這樣警察就會收到通知，當然馬上跑來抓人了！」

李安娜點點頭，這才瞭解為什麼到飯店住宿都會被要求出示證件，原來背後有這樣的系統在運作。

「你們接下來有什麼打算？」李安娜問阿班。

「我們要去台南找朋友，他那裡有地方住。」阿班說。

「他的老闆是好人，可以給我們工作！」小琳眼神裡透露出希望。

「那你們身上有錢嗎？」李安娜又問。

兩人搖搖頭，表示剛剛警察來得太突然，他們什麼都沒帶就逃出來了。

「沒關係，我幫你們出火車票的錢，到台南就沒事了。」李安娜露出溫暖的笑容，想給兩人力量，「先在車上睡一下吧，天亮之後，蕭吉會載你們去火車站。」

阿班和小琳點點頭，抱在一起閉上眼睛，滿心期待太陽再度升起的那一刻。

李安娜看到安德魯給她一個感激的微笑，她輕輕搖頭，表示這根本沒什麼。她轉過身，也想把握時間睡一下，心裡卻有個疑問跑出來。

剛剛在路上遇到警察臨檢的時候，安德魯為什麼要跟她說「救我」？

明明要救的是這對泰國情侶，跟安德魯沒有關係啊，還是她不小心聽錯了？

$ $ $

趁著太陽尚未升起、眾人還在睡的時候，蕭吉獨自下車，走到後車廂拿了一支小板手，在附近巷子繞了幾圈，選中一輛看起來很久沒開的汽車，拆下前後兩面車牌，拿回來裝在自己的車上。

裝上假車牌的同時，蕭吉愈想愈覺得安德魯這個人怪怪的，警察要抓的是那兩個泰國人，關安德魯什麼事？

結果現在還連累到他，莫名其妙半夜跑給警車追，這下子警察一定記住自己的車牌，誰知道什麼時候會在路上被抓到。

安德魯為什麼要做這種事？蕭吉回想稍早之前李安娜看著安德魯的神情，彷彿知道了什麼。

安德魯一定是在幫自己營造暖男形象，目的就是要讓李安娜愛上他。

這麼一想，蕭吉突然發現所有事情都說得通了，安德魯故意出手大方，只要陪他環島就有十萬酬勞，每天住高級飯店也不是問題，同時安排兩個外國朋友假裝要綁架他，不然怎麼可能會在偏遠山區狹路相逢？

一場王子遇難記就能讓李安娜替他擔心，搞得心情七上八下的，這招撩妹術實在是太賤了。

還有那個什麼要找叔叔安德森的理由，也實在是太瞎了，如果真的被美國黑幫追殺，全世界有那麼多國家，哪裡不躲偏偏要躲到台灣。

台灣這種鬼島有什麼可以吸引人的啦！

蕭吉愈想愈不爽，知道再這樣下去，李安娜一定會不可自拔地愛上安德魯，到時自己就一點機會也沒有了。

「不行！我要阻止安德魯，一定要想辦法把他趕出台灣！」蕭吉在心裡替自己加油，「我蕭吉才是李安娜的真命天子！」

太陽出來了，蕭吉把車開到新竹火車站，準備把阿班和小琳放下車。開車門之前，安德魯特地拿了一疊鈔票，硬是要塞給阿班。

「我不能拿你的錢！」阿班搖頭拒絕。

「給你！」安德魯逼著阿班收下，「有這個錢，你們可以吃好的！不用擔心！」阿班沒辦法拒絕，只好拉著小琳一直跟安德魯說謝謝，最後依依不捨地下車。

兩人離開之後，蕭吉特別留意李安娜看著安德魯的樣子，發現了他最不希望出現的崇拜眼神。

「賤！不要臉！安德魯你太可惡了！又在安娜面前演這種加分題！」蕭吉在心裡幹譙，「你那個背包到底塞了多少錢？不會都是千元大鈔吧！」

蕭吉恨得牙癢癢，希望趕快來個機會讓他逆轉勝，讓安德魯在李安娜面前慘跌一跤，大大扣他個好幾分。

只是蕭吉沒想到這個機會來得又快又猛，就像便秘好幾天突然吃壞了肚子。

早上他們在新竹幾個眷村尋找黃色小屋，一樣是遍尋不著，中午隨便找個自助餐店填飽肚子，就在吃完準備離開的時候，牆上電視出現讓他們三人震撼不已的畫面。

安德魯的臉孔出現在新聞裡，主播說他是最後一個被查出涉及萬福銀行提款機盜領案的車手，是個羅馬尼亞人，犯案之後沒有出境，目前人還在台灣。警方表示被盜領的八千多萬尚未被運出國外，因此懷疑安德魯身上可能藏有鉅款，希望民眾多加留意，若有發現請盡快打一一〇報警。

新聞還沒播完，安德魯就慌張地站起來，拿了白色背包轉身跑出自助餐店。

蕭吉連忙追出去，一把抓住安德魯的背包，和他在騎樓下激烈拉扯。

「幹！你真的是那個安德魯！」蕭吉憤怒大吼，想把安德魯的背包搶過來，「這裡面都是我們台灣人的錢，對不對！」

「蕭吉，你放開他啦！」李安娜跟了上來，試圖把蕭吉拉開，「安德魯是美國人，不是羅馬尼亞人！新聞台一定是弄錯了，你忘了台灣記者的智商只有三十嗎？」

「這種事能弄錯嗎？警察會提供假資料嗎？妳剛剛也在電視上看到照片，就是這個安德魯啊！」

「我不信！」李安娜看著安德魯，語氣有點發抖，「給我看你的護照好不好？我知道你不是羅馬尼亞人，更不是來台灣偷錢的。」

安德魯沒開口，只是緊抓著背包，彷彿那是他生命中最重要的東西。

「少年耶！你們在吵什麼？」自助餐店老闆走出來，說著台語，「不要影響我的客人吃飯好不好！」

「老闆，幫我打電話報警！」蕭吉說。

「不用！不用！」李安娜趕緊阻止，拉著蕭吉，「我們先離開這裡好不好？有什麼事等一下再說。」

「好啊！我要看他怎麼解釋？」蕭吉說完，就強行把安德魯拉上停在路邊的車。

蕭吉故意把車開到河堤邊，大太陽底下的那裡沒有人，也不會有計程車經過，安德魯就算想逃也逃不了。

車上，蕭吉聽著安德魯詳細交代犯案的經過，默默決定待會就把他抓去警察局，搞不好還有獎金可拿。

李安娜低頭看著安德魯的羅馬尼亞籍護照，雙手微微顫抖。

「為……為什麼要騙我？為什麼要說你是美國人？」過了好久，李安娜才終於開口。

「對不起……」安德魯一臉愧欠。

「幹！說對不起就沒事喔？我還以為你是有錢人，出手超大方的，原來這些錢都是偷來的！」蕭吉哼了一聲，表情超級不屑，「那是我們台灣人存的錢，你知不知道！都是辛苦工作賺來的！」

「對不起……」安德魯還是一句道歉。

「為什麼你要來偷錢？我還以為你是好人，沒想到你會做這種事。」李安娜回頭看著坐在後面的安德魯，「其他車手都離開台灣了，為什麼你要留下來？」

「我要找安德森叔叔。」安德魯說。

「我才不信你真的有什麼叔叔！」蕭吉冷笑。

安德魯從背包裡拿出一封信，還有那張黃色小屋的照片，「安德森叔叔真的在這裡，我來台灣就是要找他。」

蕭吉把那封信搶了過來，和李安娜一起看，只見上頭的文字雖然有ＡＢＣ等字母，但拼起來完全是看不懂的文字，唯一認得的是最後署名的地方，有個中文字「安」。

他想起在大豹溪玩水的時候看過這個字，就是安德魯胸口上的刺青，只是左右相反。

安德魯接著拉開白色背包的拉鍊，裡頭有個黑色塑膠袋，袋口一打開，蕭吉看到裡頭裝的全是千元大鈔，他問全部是多少錢，安德魯說有八百多萬。

「拜託你們，幫我找叔叔。」安德魯說得誠懇，表情看起來不像是裝的。

「不可能！我現在就要把你送去警察局！」蕭吉說得堅定。

「我可以給更多錢，一個人一百萬！」安德魯急著把手伸進背包，拿出一大疊鈔票，「找到叔叔，一百萬給你們！」

「靠！這些都是偷來的贓款，我們不會拿的！」蕭吉直接拒絕，看著身旁的李安娜，「這就是妳在臉書上認識的好朋友，以為給個兩百萬就可以收買我們？」

「我可以。」李安娜說。

「妳可以什麼？」蕭吉大為吃驚，「喂！他是提款機盜領案的壞蛋耶！妳該不會真的想幫他找叔叔吧！」

「對，我想幫他，」李安娜點了頭，神情認真，「我想賺這一百萬。」

「妳瘋啦！現在全台灣的警察都要抓安德魯，妳怎麼敢繼續跟他走下去！」蕭吉火大了，直接轉動車鑰匙，發動引擎，「我現在就要去警察局。」

「要去你自己去！」李安娜開門下車，還對著安德魯說，「走吧，我陪你去找叔叔。」

安德魯感激地點頭，帶著背包也跟著下車。

「李安娜！這些都是存戶的錢耶！妳真的敢拿？」蕭吉趕緊問。

「就算我把這些錢花光了，存戶也不會損失半毛錢，只會算在萬福銀行的虧損上。」李安娜露出蕭吉難以理解的笑容，「而且我恨死萬福銀行了！最好就讓他們損失這筆錢啦！」

李安娜說完，就用力把車門關上，和安德魯並肩往前走。

看著兩人離去的背影，還坐在車裡的蕭吉腦中突然閃過許多畫面。他彷彿看見李安娜和安德魯手牽手在月光下接吻、在飯店浴室共洗鴛鴦浴、在雙人床上嘻嘻哈哈滾床單，最後李安娜的肚子變大了，還生出一對漂亮的混血兒雙胞胎……

「啊！啊！啊！回來！」蕭吉簡直要瘋了，趕緊下車衝到李安娜面前，「好！妳要陪他是不是？那我也一起陪！一百萬也算我一份！」

「真的？」李安娜和安德魯異口同聲。

「對！」蕭吉急忙點頭，接著正經對著安德魯說：「但是你要答應我，從現在開始什麼都要聽我的，不然你一定會被警察抓！」

「沒問題！沒問題！」安德魯笑得好開心。

「你還要把臉遮起來，戴口罩、戴帽子或是把整顆頭用繃帶包得緊緊的都行，因為你這張臉全台灣都看過了，絕對不能被認出來！」

「好，包起來！」安德魯用手把臉都遮住。

「還有先給我跟安娜一筆錢，就先來個十萬吧！」

「不用吧！」李安娜直接搖頭，擺明了不想先拿。

「這叫訂金！反正我就是要先拿到錢！」蕭吉說得認真，毫不退讓，「免得他中途就被警察抓走，那我不就白忙一場。」

安德魯直說沒問題，趕緊從背包裡數了兩百張鈔票，分別拿給兩人。

蕭吉把錢塞在褲子口袋裡，笑得超開心，還刻意把安德魯拉到一旁，偷偷在他耳邊叮嚀：

「最後一點也是最重要的，你他媽的給我離安娜遠一點！」

$ $ $

砰！

安德魯嚇了好大一跳，他沒想到蕭吉會用力把手拍在櫃檯上，那聲音聽起來真是驚人。

晚上十一點，安德魯戴著帽子和口罩，一句話都沒說，只是站在蕭吉後面，看他怎麼出面解決今晚住的問題。

「就跟你說了，我這個外國朋友千里迢迢從美國飛來台灣找我，所謂來者是客，台灣最美麗的風景是人，結果你現在說沒護照就不能給他房間是什麼意思？」蕭吉對著旅館的櫃檯員工大吼大叫，「你是故意要讓我沒面子嗎？」

「對不起、對不起！我真的沒有這個意思，」旅館員工頻頻致歉，「這是老闆交代的規矩，我只是照做而已。」

「規矩是死的，人是活的，你通融一下會死喔！」蕭吉把安德魯拉來身邊，「我們今天是從台北開車來新竹玩的，根本沒想到會臨時住一個晚上，我的美國朋友當然不會把護照帶在身邊啊！而且他感冒了，沒辦法跟我睡同一間，你就可憐他一下行不行？」

「咳！咳！咳！」安德魯趕緊配合，假裝咳個三下。

「好可憐，都咳成這樣了，你現在真的需要好好睡一覺。」李安娜跟著演起來，拍拍安德魯的背。

這是蕭吉稍早之前的吩咐，要安德魯故意裝感冒，別人就會覺得他戴口罩很合理，不會想到他是警方正在追捕的國際通緝犯。

「不好意思啦！我真的沒辦法……」櫃檯員工還是很為難。

「小弟啊，我知道飯店業者為什麼要登記身分資料啦，還不是半夜要把房客名單通報給警察局。」蕭吉開始態度放軟，說得客氣，「但是你看我們像通緝犯嗎？你要因為這種沒發生的事，害老闆少賺三間房的錢嗎？」

「我不敢違背老闆訂下的規矩。」櫃檯員工低下頭。

「好！你他媽的真是一個好員工！」蕭吉臉色突然臭了起來，回頭指示李安娜，

「妳把手機拿出來，對著他錄影。」

「拍他幹嘛？」李安娜拿出手機，假裝要錄影。

「我要上傳爆料公社啊！讓全台灣都知道這家旅館沒有人情味啦！叫大家不要來住啦！讓他們倒閉啦！」蕭吉故意講得很大聲，還特別強調旅館名稱和員工的大名。

安德魯好奇「爆料公社」是什麼，不懂蕭吉為什麼要講這個，這樣真的有用嗎？沒想到真的有用，他看到櫃檯員工突然臉色大變，先是低頭說抱歉，拜託李安娜不要錄影，接著拿出三把房間鑰匙，乖乖遞給蕭吉。

在上樓的電梯裡，安德魯忍不住問：「包料公社是什麼？為什麼這麼厲害？」

「是爆料，四聲爆，不是包啦！」李安娜笑了出來，「爆料公社是一個臉書社團，在台灣很紅喔！」

「安德魯，你台灣新聞多看幾天就知道了，記者都嘛在那裡找新聞的！」蕭吉呵呵亂笑，拿一把鑰匙給李安娜，「這間有陽台、有夜景的給妳，在六樓。」

「幹嘛對我這麼好？」李安娜笑著收下。

「拜託！我對妳一直都很好的啊哈哈！」蕭吉拿另一把鑰匙給安德魯，「你跟我一樣在五樓。」

五樓到了，安德魯和蕭吉走出電梯，回頭和李安娜說聲晚安，再分別往自己的房間走去。

這一天真是折磨人，安德魯的臉被公開在電視上，所以他只能乖乖坐在車內，被蕭吉載到新竹各個眷村找黃色小屋。但他們從白天找到晚上，還是一無所獲，最後只好隨便找間旅館休息。

安德魯很快就洗好澡，躺在床上看電視，追蹤一下自己的新聞。只是愈看心情就愈沉重，台灣警方的辦案能力超乎他想像，曝光的監視器畫面快速增加，都是他週一白天在台北市內製造斷點的經過。

就算他剃掉鬍子改變外貌，也盡可能隱藏行蹤，甚至沿路換了好幾套衣服、褲子和背包，可惜還是徒勞無功，全都被警察一一揪出來。

再這樣下去，說不定會連累到李安娜和蕭吉，警察一定會找到他們三人同行的監視器畫面。

被逮捕的壓力愈來愈大了。

突然，床頭櫃上的室內電話響起，安德魯心想大概是李安娜打來的，但接了才知道不是，那是他沒聽過的女人聲音，低沉又有磁性，感覺是個中年婦女。

「先生你好。」電話中的女人說。

「妳是誰？」安德魯問得小心，就怕對方是警察，「我不認識妳。」

「我是這家旅館的人啦！你要不要特別服務啊？」

「什麼服務？」

「就是按摩啦哈哈哈！」她笑得好開心，「我說的按摩是什麼，你知道吧？一次只要三千塊喔！」

安德魯本來想拒絕的，但對方不提還沒感覺，一講到按摩，他頓時發現自己的肩膀僵硬、背部肌肉異常緊繃，小腿還有點痠痠的。

看來這幾天真的太緊張了，打從來到台灣開始，就沒一刻真的放鬆過，這時找個按摩師傅來幫自己消除疲勞，似乎有其必要性。

好好放鬆一下，才能應付之後的硬戰，他非常清楚接下來的日子不好過。

「好。」安德魯答應了。

「謝謝你啦！我馬上派人過去喔！」那女人說完就掛掉電話。

五分鐘之後，安德魯房間的門鈴響起，他打開門，被眼前的年輕女子嚇了一跳。

這個按摩師傅好年輕，而且臉上的妝好濃，安德魯看著對方，心想這個人的技術會好嗎？要不要改派資深一點的來？

「哇！外國人耶！哈囉，你會說中文嗎？」年輕女子露出燦爛笑容，走進房間轉身就把房門的防盜鏈扣上，「我的英文不是很好啦！」

「我會說一點中文。」安德魯努力擠出笑容，「沒問題、沒問題！」

「你好棒喔！這樣就輕鬆多了！」年輕女子把隨身的小包包放在桌上，「先跟你收錢喔！一次三千塊。」

安德魯拿出早已準備好的三張千元鈔票，交給對方。

「你先去洗澡吧。」她說。

「我剛剛洗了。」他說。

「那換我去洗！」年輕女子說完就走進浴室，留下一臉錯愕的安德魯。

為什麼按摩師傅要洗澡？安德魯覺得難以理解，等著被按的人是他，照理說只要他洗就可以了。但隨即一想，或許是她已經工作一整天了，可能渾身是汗不舒服，又怕身上的臭味會讓他覺得難受，才需要借用浴室沖一下澡。

真是個體貼的人啊，安德魯心想。

不久後，年輕女子洗好了澡，從浴室走出來，但她身上只圍著一條旅館提供的白色浴巾。

安德魯看傻了眼，因為她的上半身露出光溜溜的肩膀，下半身可以清楚看到皮膚細滑的大腿，好像浴巾裡面什麼都沒穿，只要一拿下來，就是全裸的身體。

「妳……妳……」安德魯有些結巴，「沒有穿衣服？」

「當然沒有啊！反正等一下都要脫光光，幹嘛穿？」年輕女子輕輕咬了嘴唇，一步一步走向安德魯，「你也脫吧，還是……你喜歡我主動？」

「我……要脫衣服？」

「阿不然呢！快點啦！我難得遇到外國客人耶，而且還是個帥哥！」年輕女子把手放在安德魯的胸口上，故意捏了他的乳頭，「你放心，我會好好幫你特別服務的！」

年輕女子話一說完，就用最快的速度脫掉安德魯的上衣，接著摸上他的褲頭，俐落地解開扣子和拉鍊，雙手一放，那件長褲唰地一聲就掉在地上。

「啊！啊！啊！」安德魯嚇歪了，頓時把學過的中文忘光光，一時間不知道該說什麼。

「等一下再啊啦！都還沒開始，你這樣我會太驕傲喔！」年輕女子呵呵笑著，先是解開身上的浴巾，展現她曲線漂亮的裸體，接著把手放在安德魯的內褲上緣。

「不可以！不可以！」安德魯拚命搖頭。

「你，我可以！」年輕女子把安德魯往床上一推。

她扔掉安德魯那件還留在腳踝的長褲，往床邊的地上甩去，接著以迅雷不及掩耳的速度，一手抓住安德魯的內褲，一手托起他的腰部，在雙手合作無間的默契下，一口氣脱掉內褲。

「啊！啊！啊！啊！啊！」他大叫。

「哇！哇！哇！哇！哇！」她大笑。

安德魯驚慌到了極點，他知道自己完全誤會特別服務的意思，這下子必須趕快脱身才行。

他身子用力一彈，接著翻滾到床下去，一把抓了內褲就穿上，本來想繼續穿長褲的，但那個全身赤裸的年輕女子正朝他撲了過來，逼得他只好先往旁邊閃，順手拉開衣櫥，拿出藏在裡頭的白色背包。

然後頭也不回，打開房門就衝了出去。

他來到蕭吉的房間外，急著連按好幾下門鈴，但蕭吉好像已經睡了，竟然都不來開門。

他回頭，看到那個年輕女子圍著浴巾走出房間，一步一步朝他靠近。

「外國帥哥，進來嘛！」她說，搭配曖昧的笑容。

「不要！」安德魯轉身就跑，直接朝樓梯衝去，轉眼間就上了樓。

他身上就只有一件內褲和那個白色背包，站在李安娜的房間外，眼睛盯著門鈴，心裡猶豫要不要按下去。

$ $ $

叮咚－叮咚－叮咚－叮咚－叮咚－

一連串急促的門鈴聲讓李安娜從睡夢中驚醒，她下了床走到門後，透過貓眼看到安德魯慌張焦急的臉。

「安德魯，怎麼了嗎？」李安娜趕緊開門，就看見安德魯抱著背包、全身上下只穿著內褲衝了進來，她忍不住大叫，「啊！啊！啊！你幹嘛不穿衣服？」

安德魯沒說話，只是回頭把門關上，同時扣上防盜鏈，再把眼睛貼近貓眼，觀察外面的動靜。

過了好一陣子，安德魯才放心地鬆口氣，回頭跟李安娜道歉，「有個女人要抓我，她沒穿衣服……」

「什麼沒穿衣服的女人要抓你？」李安娜完全聽不懂，「這家旅館不乾淨？你遇到女鬼喔？」

安德魯只好把剛剛的事都說了。李安娜聽完之後，差點沒笑到暈倒，她萬萬沒想到這個敢私吞俄羅斯犯罪集團贓款的男人，竟然會怕一個想撲倒他的賣春女子。

「不要笑，我真的很怕……」安德魯哭喪著臉。

「好好好，我不笑……」李安娜努力繃緊臉蛋，試圖不再發出笑聲，但隨即又爆發出來，「哈哈哈哈哈哈！」

這一笑，讓安德魯更悶了，但李安娜很感激那個女人，她莫名其妙的出現，打破了自己跟安德魯之間的尷尬局面。

今天中午知道他其實不是美國人，而是從羅馬尼亞來的犯罪車手，一度讓李安娜難以諒解，她沒想過自己的一片真誠，竟換來安德魯從頭到尾的欺騙。

自己不過是他來台灣找叔叔的棋子，是出於利用心態才會在半年前送出臉書的交友申請。

李安娜已經決定了，儘管要一起找安德魯的叔叔，但會盡量和他保持距離，一切公事公辦，等找到人拿了錢之後，兩人就分道揚鑣，這輩子再也不會聯絡。

只是李安娜不喜歡這種感覺，心裡還有點酸酸的，但又不願意主動靠近安德魯，甚至多說一句話。

而現在安德魯突然躲進她房間，無形中打破兩人之間的僵局，彷彿又和中午之前一樣，是個可以好好說話的朋友。

「她應該已經走了，你可以回房間了吧？」李安娜問。

「不要……我不要回去！太可怕了！」安德魯拚命搖頭，直接走到沙發坐下，

「我今天睡這裡，可以嗎？」

「不會吧！你要睡在我房間？」李安娜懷疑自己聽錯了。

「對！……拜託，拜託！」安德魯竟然雙手合掌，像是把李安娜當神明似的，

「我不敢回去，我怕她又要來脫我的……」

安德魯低頭看著自己的內褲，頓時不好意思起來，趕緊把雙腿夾緊，還用白色背包遮住。

「我睡在這裡，可以嗎？」安德魯拍拍沙發，又問了一次。

這讓李安娜忍不住笑出來，同時也知道今晚是趕不走他的，只好到衣櫥拿出備用的枕頭和薄被，丟給安德魯。

「絕對不可以讓蕭吉知道，懂嗎？」李安娜叮嚀。

「沒問題！我不會說！」安德魯識相地點頭，「他會打我。」

李安娜拍手大笑，接著準備回自己床上，就在經過床尾的那一瞬間，她瞄見了梳妝台鏡子裡的安德魯。

吸引她目光的不是安德魯的結實身材，而是胸口上那個「安」字刺青。

透過鏡子，她才明白為什麼「安」要左右相反了。

「你是為了要在鏡子裡看到那個『安』，才故意刺反的嗎？」她問安德魯。

「對。」

「這個字是你叔叔在信裡的中文簽名，對吧？」

「對。」

「我還以為……」李安娜說到一半，就沒再說了。

李安娜以為那個刺青和她手上的一樣，刺的都是兩人名字裡的「安」，本來覺得這個緣分好特別，說不定兩人前世就約好了，這輩子才能這樣相遇。

原來只是自己一廂情願，安德魯是為了思念安德森叔叔，才會把「安」刺在身上，而且故意左右相反，這樣每次洗澡看著鏡子時，就會想到他叔叔。

「你一定很愛安德森叔叔。」李安娜坐上自己的床，關掉房間大燈，只留下昏黃的床頭燈，「你們感情很好嗎？」

安德魯突然不說話了，李安娜一度以為他沒聽到，但很快就發現不是，因為安德魯的表情閃過一絲憂鬱，像是想起什麼不開心的事。

「怎麼了？你不希望我提到你叔叔？」李安娜突然緊張起來，「對不起，我不該問的。」

「沒關係……」安德魯突然溫柔笑了一下，像是想化解李安娜的尷尬，「叔叔對我很好，比爸爸更愛我。」

接著，安德魯開始說起他小時候的事。

那一年，安德魯只有十二歲，本該是天真無慮的年紀，但羅馬尼亞是歐洲最貧窮的國家之一，他們家更是窮到連三餐都吃不飽。那時，安德魯的媽媽才剛因病過世不久，爸爸在失去伴侶之後開始喪志，就連薪資微薄的工作也不去做了。

爸爸整天喝最便宜的劣酒澆愁，一不高興就拿安德魯出氣，抓起皮帶不停往他身上猛抽，直到累了才停止。爸爸常對著安德魯大吼大叫，問他為什麼不趕快長大，這樣就能出去工作，讓爸爸有錢買真正的酒來喝。

有一天晚上，爸爸突然對安德魯很好，晚餐還多了難得的豬肉，吃飽之後，就帶他到一個停車場，說要找朋友。有個男人開了車過來，爸爸和那人打聲招呼，就要安德魯上對方的車。

安德魯不懂為什麼要上一個陌生人的車，但又怕爸爸不高興，只好乖乖拉開車門，坐在後座。

車子開走之前，安德魯好像看到那人拿了鈔票給爸爸，讓爸爸面帶燦爛微笑、雙手用力揮舞，目送那人把自己載走。

「他要帶你去哪裡？」故事聽到一半，李安娜突然插嘴。

「他家。」

「做什麼？」

「睡覺。」

「天啊！安德魯，他該不會想要……」李安娜嚇得把嘴巴摀起來，簡直不敢相信。

安德魯說他被帶進房間裡，還被要求躺在床上，在關掉所有燈光之後，那個人也跟著上了床。

安德魯不知道他想幹什麼，以為只是想要有人陪而已，沒想到他的手突然摸了上來，嚇得安德魯根本不敢動。

安德魯害怕極了，連呼吸都不敢用力，不久後，他發現自己的上衣被脫了，接著是褲子，最後連內褲也保不住。

他全身光溜溜的，而那個人也把衣服都脫了。

「然後呢？」李安娜小心地問。

「他……從後面抱我。」安德魯說得有些痛苦，「還摸我的屁股，然後……他把手伸到前面。」

「天啊！你不要再講了，我不想知道後面發生的事，我沒辦法接受。」

「我哭了，一直哭一直哭，可是他叫我不要哭，還打我的頭。」

「可以了，安德魯，求求你別再說了……」

「然後安德森叔叔就來了。」

「什麼？」李安娜好訝異。

就在那個男人從後方抵住安德魯的屁股時，突然一陣玻璃破碎聲傳來，只見安德森叔叔用石頭敲破窗戶，從外頭爬了進來。

那個男人嚇得跳下床，卻馬上被安德森叔叔一拳擊倒，他想起身反抗，可是安德森叔叔根本不給機會，一連好幾拳打在他身上，甚至連肋骨都打斷了。

安德魯被叔叔帶走，才知道原來叔叔早就懷疑爸爸想利用兒子賺錢，只是不知道哪一天會發生。那天是叔叔到家裡發現安德魯不在，強行逼問爸爸之後才知道他被帶走了。

那天晚上，叔叔和爸爸大吵一架，連夜就把安德魯帶回他家，從此兩人住在一起，度過一段很快樂的日子。

某種意義來說，安德森叔叔是他唯一的親人。

只是一年後，叔叔突然不告而別，從此人間蒸發十年，直到兩年前安德魯才收到叔叔從台灣寄出的信。

「難怪你非要來找他不可。」聽完故事，李安娜終於明白安德魯為什麼要來台灣，「你放心，像你這麼善良的人，老天爺一定會幫忙的。」

「老天爺？」安德魯不懂。

「你要說神或上帝或什麼的都可以啦哈哈！」李安娜笑了出來。

「喔……」安德魯突然懂了，也跟著笑，「謝謝老天爺。」

看著安德魯笑起來會出現酒窩的臉龐，李安娜想起這幾天看到的他，想起他給了待用麵老闆一萬元，希望藉由幫助窮人來得到福報，又想起他塞給那對泰國情侶一疊現金，只希望他們接下來能平安順利。

那不是因為身上有太多錢可以亂花，而是出自真心的善良舉動。

這個人，遠比許多她認識的台灣人還要單純可愛。

她突然好想抱抱安德魯，給他一點溫暖和支持，但她不好意思開口，尤其安德魯身上只穿一件內褲，這讓她有些尷尬。

「睡覺吧，晚安。」李安娜說。

「晚安。」安德魯笑著回應。

夜愈來愈深，安德魯閉上眼睛，屈著身子蜷在沙發上，看起來不太舒服。

「沙發不好睡，你要不要來床上睡？」最後，李安娜小聲地問。

5

剛醒過來的那一刻，蕭吉覺得好滿足喔，尤其是看到胯下那座高聳的內褲帳棚，就更加驕傲了。

昨晚旅館的內將突然打電話來，問蕭吉要不要叫小姐，他本來想拒絕的，但看見桌上放著安德魯先給的十萬訂金，就忍不住想犒賞自己。反正短期內也吃不到李安娜，為什麼不找別人抒發一下？

男人嘛，本來就有需要的。

他跟內將說好，還特別指定要有豐胸、細腰、翹臀和美腿的女人，因為李安娜就是這樣的身材，他想在發洩性慾的同時，假裝自己正在跟她做愛。

來的女人果然身材一級棒，開價卻跟內將說的一次三千不同，她開口要八千。

雖然貴很多，但蕭吉實在忍不住了，給了八千之後就把她壓倒在床上，盡情扭動自己的下半身。

他覺得自己表現很好，雖然中途曾被一個不知道哪裡跑來的死小孩，在外頭亂按門鈴害他嚇到縮了起來，除此之外，他從那個女人連綿不絕的呻吟聲中，得到巨大的滿足感。

昨晚真是太過癮了，他前後花了一萬六千元，跟想像中的李安娜大幹兩回合，累到讓他現在雙腿有點發軟。

起床後，蕭吉獨自到附近一間早餐店買吃的，他想送到李安娜房間，當作是昨晚小小出軌的補償。

蕭吉注意到老闆娘不時在偷看他，就連店裡用餐的女客人也是，這讓他有些懷疑自己是不是變帥了，不然過去只有他偷看女人的份，哪有被看的機會。

「先生，請問你是不是有上電視新聞啊？」結帳的時候，老闆娘突然問他。

「啊？我怎麼可能上新聞啊！」蕭吉覺得莫名其妙。

「那就是我認錯人啦，哈哈哈！」老闆娘笑得不好意思。

蕭吉有些失望，他還以為自己女人緣變好了，原來只是一場誤會。

買好早餐回到旅館，蕭吉蹦蹦跳跳來到李安娜的房間，按下電鈴後期待看到她驚訝的表情，最好還來一句：「你怎麼知道我最愛吃玉米蛋餅？蕭吉，我愛你！」

如果還能主動撲進他懷裡，那就更完美了。

門開了，蕭吉卻只看到李安娜面無血色的臉，連微笑都沒有，更別說主動投懷送抱了。

「進來吧。」李安娜語氣冷淡。

蕭吉失望地走進李安娜房裡，竟然在床上看到光著上半身的安德魯，表情看起來還很累的樣子。

幹！幹！幹！幹！幹！我眼睛到底看到什麼？這是幻覺嗎？我在做夢嗎？難道他們昨天晚上已經做了？蕭吉心裡閃過好多問號，頓時驚慌失措。

「安娜，為什麼他會在這裡？」蕭吉害怕到有些發抖，問了一個不想聽到答案的問題。

「先別管這個啦，你看電視！」李安娜指著電視機。

「為什麼安德魯會在妳床上，而且還沒穿……」蕭吉想要繼續問，但看了一眼電視後就嚇到什麼話都說不出口。

他在電視新聞上看到自己的臉，旁邊還有李安娜和安德魯的，三個人的照片並列在一起。

新聞主播說俄羅斯盜領集團有兩個台灣人當內應，才能輕易得手八千多萬，警方猜測是由在萬福銀行任職的李安娜控制提款機內部系統，方便外國車手取走鈔票，蕭吉則負責開車帶著兩人攜款逃亡。

警方另外表示，原本應該跟著其他車手離境的安德魯，大概是與李安娜、蕭吉私下說好了，想要黑吃黑奪走部分贓款，因此在第二天晚上展開行動，由蕭吉出面攪局，好讓安德魯從同夥艾迪恩手中搶走一袋鈔票。

新聞接著播放一連串的監視器畫面。

透過畫面，蕭吉先看到那晚在萬福銀行提款機前的自己，他湊到正在取款的安德魯身邊，竊竊私語。

接著是他和艾迪恩扭打在一起，讓安德魯有機會搶走黑色背包。

下一個鏡頭，他和李安娜、安德魯在星期五餐廳享用晚餐，之後三人一起坐上他的車離開台北市。

當晚，他們入住三峽的法悠度假村，住的都是一晚九千元的高級套房，安德魯用現金付清費用。

隔天，他們出現在美食報導節目的取景畫面，三人在提供待用麵的牛肉麵店裡用餐，安德魯還出手大方，給了老闆一疊鈔票。

十幾個小時後的半夜，他們在路上遇到警方臨檢，透過警車的行車記錄器畫面，可以看到蕭吉的車急速闖越平交道，飛奔而去。

「靠北……」看完新聞畫面，蕭吉兩條腿都發抖了，「才不是這樣的！怎麼可以說我們三個是同夥，我明明是那天才跟安德魯認識的！」

「不管是誰看到這些畫面，都會認為我們是預謀犯案……」李安娜一臉茫然，不知所措地指著電視，「你看，他們還採訪我的主管！」

電視上，出現萬福銀行新生分行的襄理宋翰彬，他對著鏡頭說：「李安娜還盜領存戶的錢，金額是一百萬，用的人頭帳戶就是蕭吉提供的，他們是一夥的！」

「等一下，他說的人頭帳戶是什麼？」蕭吉回頭問李安娜，「是我的名字嗎？還有盜領存戶的錢是怎麼回事？」

李安娜避開蕭吉的眼神，不說話。

接著新聞畫面一跳，出現萬福銀行女職員小珍的臉。

「這是坐我旁邊的同事。」李安娜說。

「半年前，安娜有跟我說過，她在臉書上認識一個叫安德魯的外國網友，」電視裡的小珍聲音愈來愈小，「她看起來很乖，我不敢相信她會做這種事……」

「蕭吉這個人很可惡！」下一個受訪的是幼稚園園長陳淑芳，身旁還站著被蕭吉打傷的麥可，「看到沒有，我們老師就是被蕭吉打的，他還說要幹一票大的給我看！」

新聞最後，警方高層一本正經對著鏡頭說話：「目前我們研判這三個人應該在桃園新竹一帶活動，請民眾多加留意，一旦發現他們的行蹤，請儘速通報警方。」

蕭吉完完全全傻住了，他知道今天的新聞代表什麼，警方認定三個人是共犯，台灣民眾也會記住他們的臉，只要在路上看到就會打一一〇，通知警察來抓人。

「死定了！死定了！我們根本躲不掉了嘛！」蕭吉直接關掉電視，他不敢再看下去。

回過頭，蕭吉又看到坐在床上、沒穿衣服的安德魯，一想到他心愛的李安娜昨晚被這個人渣吃了，整個火就冒上來。

「你這個王八蛋！把我拖下水就算了，竟然還睡了安娜！」蕭吉拳頭握得好緊，眼看就要往安德魯的臉上揮過去。

「你在說什麼啦！」李安娜突然擋在蕭吉身前，「都什麼時候了你還在搞笑喔！安德魯才不是你想的那種人！」

「那他為什麼會在這裡，還沒穿衣服！」蕭吉狠狠瞪著安德魯。

「昨天晚上有個女人在追他！」李安娜簡單交代了賣春女子的事情。

蕭吉環顧房間四周，沒看到安德魯的衣服和褲子，就連鞋子也沒有，只有那個裝滿錢的白色背包，看來真的是為了躲避賣春女子才會來李安娜的房間。

但兩人同睡一張床上，真的只是蓋棉被純睡覺？

「你昨天沒接到電話嗎？」李安娜突然問蕭吉，「問你要不要特別服務的？」

「沒有啊！我很早就睡了！」蕭吉說得理直氣壯，好像真是這麼一回事。

「真的嗎？」李安娜故意盯著他，「搞不好你有接到，結果一個晚上都沒睡……」

「喂！我是那種人嗎？」蕭吉不想讓李安娜繼續問下去，趕緊轉移話題，「現在不是討論這個的時候，我們趕快離開這裡！警察已經知道我們在新竹，這裡多待一秒就多一分危險！」

「對、對、對！」一直沒說話的安德魯終於開口，從床上跳起，全身只穿一條內褲，「趕快走，我怕有警察來！」

「對喔！說不定旅館的人也看到新聞，還打了電話給警察……」李安娜有些害怕，眼睛盯著房間門口，彷彿隨時會有人開門衝進來。

「啊！說到電話……」蕭吉突然提醒，「安娜，妳趕快把手機的電源關掉！平常千萬別開機，等到有需要的時候才能開，而且用完了就必須馬上關機！」

「我一直都是關機的啊，怎麼了嗎？」李安娜問。

「我怕警察透過手機訊號找到我們啊！」蕭吉突然拍了手，恍然大悟，「原來是這樣啊！警察雖然知道我們三個在一起，卻沒辦法查到我們的位置……」

「為什麼沒辦法？」李安娜又問。

「因為安德魯的手機早就丟了，我跟妳的一直都關機，警察當然追不到訊號了！」蕭吉突然對著安德魯說，「你先回房間穿衣服，穿完我們就走。」

「我沒有鑰匙……」安德魯無奈攤手，「鑰匙在我房間裡。」

靠北啊，總不能現在去跟櫃檯拿備份鑰匙吧，蕭吉心想。

不得已，蕭吉只好先回自己房間，把那套在法悠度假村買的上衣、短褲拿來給安德魯穿，接著三人走樓梯下去，偷偷摸摸來到一樓。

蕭吉要兩人在樓梯間等著，他一個人先到櫃檯附近，偷看有沒有警察在場，如果沒有，就想辦法轉移櫃檯人員的注意，讓三人可以順利離開。

但才緩步走到櫃檯，蕭吉就知道事情不妙了，櫃檯後方坐著一個男人，正背對他看電視，而電視正在播放三人結夥犯案的新聞。

死了、死了！這下子躲不掉了！蕭吉在心裡哀嚎，他一個人很好脫困，只要衝出旅館門口就行，問題是躲在樓梯間的那兩人呢？自己貿然離開，一定會驚動櫃檯人員，那麼李安娜和安德魯就慘了。

安德魯被抓了還無所謂，頂多自己沒賺到一百萬而已，要是李安娜被逮著，那事情就大條了。剛剛在新聞上看到銀行裏理說她盜領存戶的錢，人頭帳戶還跟自己有關係……不行，李安娜絕對不能被抓到！

不得已，蕭吉只好故意扮鬼臉，假裝自己顏面神經失調，用力抬高左邊眉毛、撐大兩個鼻孔、歪著右邊嘴角、壓低原本就很腫的下巴，甚至還故意嘟著嘴，為了就是要讓櫃檯人員認不出他來。

蕭吉相信自己應該沒辦法再醜了，如果還被認出來，也只能自認倒楣。

他不安地走向櫃檯，拿出房間鑰匙假裝要退房，同時用手勢提醒李安娜和安德魯，只要他一揮手，兩人就得趕快往旅館門口衝。

小心翼翼來到櫃檯，蕭吉都還沒開口，就差點噗哧笑出來，他的鬼臉全都白做了，因為那個櫃檯人員根本沒在看電視，而是閉著眼睛打瞌睡。

甚至，隱隱約約還能聽到打呼聲。

事不宜遲，他趕緊揮手要躲在樓梯間的兩人出來，然後快馬加鞭，三人直接衝到旅館旁的停車場，開了車門就鑽上車。

蕭吉發動引擎、踩下油門，雖然不知道要開去哪，但留在原地肯定不安全，只能先逃再說。

$ $ $

車速愈來愈快，李安娜已經夾緊雙腿、右手牢牢抓著車門上的扶把，依然覺得害怕。她想如果蕭吉的油門再這樣踩下去，搞不好在他們被警察抓到之前，就會先出車禍死掉了。

但她不敢開口要蕭吉放慢速度，因為他的表情嚴肅到了極點，一路上什麼話都不說，彷彿隨時都要爆炸似的。

他們離開了新竹，已經進入苗栗縣，一路經過竹南、後龍、西湖等鄉鎮，只見四周的建築物愈來愈少，取而代之的是逐漸變多的農田、綠地和低矮山丘。

不知為何，蕭吉突然放慢車速，最後在一條荒涼小路停下來。

「幹！幹！幹！」蕭吉爆炸了。

「怎麼了？幹嘛停下來？」李安娜問得小心。

「沒油了啦！」蕭吉用手敲打方向盤，「我本來今天要去加油的！」

蕭吉氣紅了臉，直接下車拉開後門，將後座的安德魯一把拖到外面。

李安娜心裡暗叫不妙，果然看到蕭吉一拳又一拳直往安德魯身上打，而安德魯只是乖乖挨打，完全沒有想要抵抗。

「蕭吉！你不要打他啦！」李安娜趕緊下車，從後面抱住蕭吉，「你打他又能怎麼樣？安德魯又不是故意的，他也不想害我們兩個上新聞啊！」

「為什麼我不能打！」蕭吉朝安德魯怒吼，「陪你找叔叔不是問題，但是現在被警察通緝就是個大問題！幹！為什麼我這麼倒楣，這種事都可以被我碰到！」

「對不起……」安德魯低著頭道歉。

「對不起有個屁用！我不想聽你講這種話！我真的會被你害死！」蕭吉用力掙脫李安娜的雙手，再度上前朝安德魯的臉揮了一拳，「你不要來台灣就沒這些事了！你為什麼要來！」

「蕭吉！你不要打了！是我對不起你！」李安娜含著淚水，奮不顧身地抓住蕭吉的手，「如果我沒拖你下水就好了，你要怪就怪我，是我先對不起你的！」

李安娜把因為欠下百萬卡債，只好偷用蕭吉的存摺來盜領客戶存款的事給說了。

「為什麼妳會欠那麼多錢？」蕭吉大為吃驚，擺明了不懂，「妳又沒買車，怎麼可以刷卡刷到一百萬？」

「不要問我，我也不想說……總之我對不起你，沒有經過同意就偷用你的存摺，」李安娜臉上滿是歉意，「所以你不要怪他，你可以現在去警察局，說你是無辜的，根本不認識安德魯，只有我跟他是一夥的。」

「然後呢？說我只是被利用而已嗎？」蕭吉反問。

「對！這樣你就不會有事了！」李安娜點頭。

「安娜，妳太天真了！」蕭吉搖頭苦笑，「警察怎麼可能會相信？新聞那些監視器畫面妳也看到了，大家只會認為我們早就串通好，才會三個人走在一起！」

「可是你之前真的不認識安德魯啊！」李安娜反駁。

「不會有人相信啦！只要我一出現，就會被警察抓起來，然後套一堆罪名在我身上！」蕭吉指著李安娜裝了手機的褲子口袋，「不信的話，妳上網搜尋台灣司法、冤獄、警察栽贓這些關鍵字，就知道台灣的警察有多黑暗了！而且萬福銀行這次丟臉丟大了，一定會想整死我們！」

李安娜傻住了，這才發現蕭吉說得有道理，在俄羅斯盜領案的新聞正熱門、全台灣人都想找他們的這時候，不管說什麼都不會有人相信的。

全世界只會認定他們有罪，就算最後查明一切，司法還他們清白，證明兩人跟俄羅斯集團沒有任何關係，也不會有人在乎。她和蕭吉會在大家心裡留下曾經犯罪的印象，然後背負一輩子的臭名，永遠翻不了身。

這樣一想，她就更覺得對不起蕭吉，不知該怎麼彌補。

「所以呢？現在該怎麼辦？你要退出嗎？」李安娜認真問蕭吉，「我絕對不會說你沒義氣的。」

「已經沒辦法退出了，現在只能硬著頭皮走下去。」蕭吉指著放在後座的白色背包，跟安德魯說：「我跟李安娜要再多拿一百萬。」

「蕭吉！你不要趁火打劫喔！」李安娜直接拒絕，「安德魯需要錢！我們各拿一百萬已經夠多了！」

「不夠！而且他不需要那麼多！」蕭吉說什麼都不肯讓步，「反正我就是要兩百萬，我以後可能找不到工作了，這輩子就只能靠這筆錢，我非要不可！」

「好！」安德魯終於開口，「找到叔叔，我給你兩百萬！」

李安娜不想再跟蕭吉多說，現在這個節骨眼上，三個人不能起內訌，必須團結起來，除了要想辦法找到安德魯的叔叔，更得小心翼翼保持低調，絕對不能被警察抓到。

而更大的挑戰是，現在全台灣的人都想找他們，接下來勢必得過著躲躲藏藏的生活了。

最糟的是，蕭吉的車因為沒油拋錨了，李安娜環顧四周，所見之處沒有半間房子，也不知道哪裡有加油站。更何況，他們不能冒著被加油站員工認出來的風險，萬一員工打電話給警察，三人就只有乖乖被逮的份。

「現在，我們只能用走的了。」李安娜說得無奈，「而且不知道要走去哪……」

「幹！原本是開車環島，結果搞到徒步環島，還要沿路躲警察！」蕭吉冷眼瞪著安德魯，「而且外國人超好認，走在路上超明顯的！」

安德魯聽了，默默回到車裡把白色背包拿出來，從中掏了幾個口罩，先是給自己戴上，又拿給李安娜和蕭吉。

「把臉遮起來，就不會被認出來。」安德魯刻意笑了一聲，彷彿希望氣氛能輕鬆一點。

但是李安娜和蕭吉都笑不出來。

「白癡！」蕭吉呿了一聲，「天氣這麼熱，三個人同時戴口罩，怎麼看都覺得有鬼！」

「蕭吉，你幹嘛罵他白癡？安德魯只是提供建議而已。」李安娜超不滿的。

「妳也是白癡！隨隨便便就讓他上妳的床！」蕭吉冷不防提到昨晚的事。

「你說什麼？你這句話是什麼意思？」李安娜的表情瞬間垮了下來，「我們只是睡在同一張床上，安德魯才不是那種人！」

「誰知道你們兩個到底有沒有……」

蕭吉話還沒說完，安德魯就突然打了他一巴掌，那手掌與臉皮瞬間發出的碰撞聲，大到讓李安娜當場嚇傻。

「幹！你憑什麼打我！」蕭吉摸著臉，怒視安德魯。

「你不可以說這種話！不可以！不可以！」安德魯大聲抗議，「我知道你不喜歡我，可以打我、罵我，但是不可以說安娜不好！」

「我又沒有說她不好！」蕭吉反駁。

「昨天晚上，我們只有睡覺！什麼都沒有做！」安德魯拍拍身上的白色背包，「這個放在中間，把我們分開！」

看著安德魯認真解釋的模樣，讓李安娜忍不住笑出來，她想起昨晚問安德魯要不要到床上睡覺，一開始他還搖頭拒絕，說什麼都不肯爬上床。

但最後還是覺得沙發太難睡，只好乖乖躺在她旁邊，還拿了白色背包放在兩人中間，好保持一個安全距離。

那時李安娜覺得安德魯真的好可愛，也太正人君子了，但又想起他說的陳年回憶，關於小時候差點就被陌生男人性侵的那件事。

當下同情心急湧而上，讓李安娜想給他一點安慰，就忍不住伸手摸了他肩膀，但只是輕輕碰了一下，就能感覺到安德魯嚇得渾身發抖。

童年的陰影還在啊。李安娜當下發現這個事實，安德魯會怕別人碰他的身體，即使她是女生，更是出自善意，依然讓他難以承受。

「沒事、沒事，」李安娜只好把手縮回來，輕輕說了一句，「不要怕，好好睡一覺吧。」

「嗯……」安德魯低聲回應。

然後兩人就沒再說話了，各自閉上眼睛，緩緩睡去。

這樣的安德魯，才不可能是蕭吉想的那種人，就算李安娜想要撲倒他，也不可能成功的。

何況，李安娜根本沒那個意思，她早就跟自己說好了，打死不讓任何一個她不愛的男人，碰觸她的身體。

「蕭吉，我敢跟你保證安德魯是個好人。」李安娜說得認真。

「好啦！他是好人啦！」蕭吉哼了一口氣，「壞人都我來當啦，可以了吧！」

蕭吉走回車上，拉開副駕駛座前方的置物箱，找出一副墨鏡和一頂球帽，他把墨鏡戴在自己臉上，球帽則交給李安娜。

「戴著吧，還可以遮太陽，女孩子不要曬黑了。」蕭吉話中帶有一點柔情。

李安娜把帽子戴上，隱隱約約聞到一股酸臭味，但她不想講出來，畢竟這是蕭吉的好意，她必須收下。

再說，今天太陽真的好大，她才下車沒多久，就覺得快吃不消了，此時真的很需要帽子避一避暑氣。

「走吧！繼續去找安德魯的叔叔！」李安娜笑著發號施令。

但才走沒幾步，她心裡就開始哀嚎。

肚子好餓，今天連早餐都沒吃呢，現在連個水也沒得喝，而且晚上要睡哪裡啊？

$　$　$

安德魯覺得自己快死掉了。

高掛在天上的太陽發出火熱光芒，曬得他渾身是汗，加上蕭吉借他穿的那套衣服沾滿了酸臭味，薰得他只能用嘴巴呼吸，要是不小心換了鼻子吸氣，就會瞬間覺得快窒息身亡。

而且他的肚子也快餓扁了，咕嚕咕嚕叫個不停，偏偏路上沒經過任何店家，根本買不到東西吃。更慘的是一天下來滴水未進，更讓他口乾舌燥，巴不得烏雲聚集，趕緊下一場及時雨。

最慘的就是兩隻腳了，原本穿的鞋子被鎖在旅館房間裡，逼得他只能穿李安娜房裡的白色拋棄式紙拖鞋，偏偏今天溫度太高，柏油路被太陽曬到發燙，讓他每一步都走得痛苦不堪。

再這樣下去，安德魯懷疑自己會死在台灣。

在苗栗的偏遠鄉間走了快五個小時，他終於看到不遠處有一排二層樓高的民宅，角落那間掛著一塊老舊招牌，上面寫著「旺福雜貨店」。

安德魯還在思索這五個字是什麼意思，突然就被李安娜拉著要往雜貨店跑去，兩人才剛跑了幾步距離，蕭吉就衝到他們面前，張開雙手擋住去路。

「你們在幹嘛？被太陽曬暈了是不是？」蕭吉表情嚴肅到有些難看，「萬一雜貨店老闆有看過新聞，我們不就完了？」

「對喔！我餓到腦子都糊塗了！」李安娜苦笑。

「他媽的我都想把舌頭咬下來吃了！」蕭吉看著雜貨店，想了一下，「你們在這裡等，我先過去看看，如果安全的話再叫你們來。」

說完，蕭吉直接拿走李安娜的帽子，戴在自己頭上，接著快步跑向雜貨店，再小心翼翼走進去。

沒多久，蕭吉跑回兩人身邊，笑瞇瞇說著：「我們太幸運了！雜貨店裡沒有電視，老闆和他老婆根本不知道我是誰！」

「我呢？」安德魯有些擔心。

「別怕！」蕭吉拿下帽子和墨鏡，交給安德魯，「你就戴著吧！加上原本就有的口罩，就算他們有看過新聞，應該也不會想到就是你。」

「那我們趕快進去吧！我快餓死了！」李安娜說完就直接衝過去。

三人像是快溺水的孩子，拚了命地往雜貨店跑去，在經過一大片荒草平地之後，終於來到目的地。

一走進雜貨店，安德魯瞬間覺得自己活了過來，店裡有些昏暗，天花板上只有幾盞日光燈，和過去幾天常看到的便利商店明顯不同，室內溫度彷彿也因此降低不少。

但賣的東西可樣樣不缺，有吃的、喝的、用的，甚至連雨傘和拖鞋都有。

顧店的老闆和老闆娘見了三人，很熱情地用燦爛笑容招呼，還好奇問他們從哪來啊？怎麼看起來疲倦不堪的模樣？是來這裡找朋友的嗎？

蕭吉發揮他善於跟人打交道的天分，和兩人有說有笑，「我們是在環島旅行啦！而且是用走的喔！要讓外國朋友看見台灣最美麗的風景！」

兩夫妻笑得更開心了，安德魯在一旁觀察兩人，他們看起來年紀約六十多吧，笑起來天真純樸又可愛，很有令人放心的特質，讓他頗生好感，忍不住把帽子、墨鏡和口罩都拿下，用最原始的面目透透氣。

三個人都餓壞了，拿起不少零食、飲料就往嘴裡塞，安德魯邊吃邊聽李安娜和蕭吉陪兩夫妻哈拉打屁，對這家店開始有了初步的認識。

老闆自稱阿旺伯，陪他一起顧店的是結婚快四十年的福來嫂，兩人婚後開了這間雜貨店，日子過得平平順順。只是最近二十年來生意愈來愈差，村裡的年輕人也逐漸往都市移動，還留在這裡的人就變少了，而且一年比一年老。

雜貨店生意很是慘澹，但畢竟有那麼多年的回憶，夫妻倆說什麼也不願收掉，只想著撐過一天是一天，多少賺一點生活費。

解決飢渴的需求之後，安德魯就在店裡隨處看看，他發現這家店感覺好熟悉，這才想起當年住在叔叔家的時候，附近也有一間雜貨店。

那時候，叔叔真疼他啊，只要賺了錢回家，就會到那間店買汽水給安德魯，讓小小年紀的他覺得幸福。

這份回憶，讓安德魯更加喜歡旺福雜貨店了，他想多買一點東西，讓阿旺伯和福來嫂賺更多錢。

安德魯拿了塑膠籃子，將一些可以久放且重量輕的乾糧放進去，又多拿幾瓶礦泉水，他實在怕了路上沒水喝的痛苦。另外，他給自己挑了一雙合腳的藍白拖，以及三件輕便雨衣，免得之後路上碰到下雨，他們肯定會渾身濕透。

他還發現雜貨店裡連黑色的帆布袋都有賣，看了看大小，剛好可以把自己的白色背包塞進去。現在他們是全台灣急著尋找的目標，白色背包實在太過顯眼，走在路上很容易被注意。

安德魯零零總總裝了好幾個籃子的商品，正準備拿去結帳時，心裡突然隱隱不安，他注意到福來嫂正在跟李安娜、蕭吉聊天，阿旺伯卻不見人影。

該死！他會不會其實早就看過新聞，也知道三人的真實身分，此時正躲起來偷偷打電話報警？

安德魯把李安娜叫到一旁，小聲說出這個發現。

「對耶！你不說我都沒發現？」李安娜壓低音量，神色有點緊張，「那我們得趕快走！」

李安娜急著幫安德魯把那些商品放上櫃檯，讓福來嫂結帳裝袋，同時又刻意呵呵跟她聊個幾句，好降低對方的防備心。

「老闆娘，我們差不多要走了……」結完帳，李安娜擺出職業笑容。

「等一下！你們不能走！」福來嫂臉色突然變了。

「再不走就要天黑了，我們還沒找住的地方呢。」李安娜開始苦笑。

「沒關係啦！」蕭吉明顯不在狀況內，「就再聊一下，我們剛剛走那麼久，很累耶！」

「不行！真的要走了！」安德魯忍不住出聲，還直接把蕭吉往外推。

「你們真的不能走啦！」福來嫂竟然衝到雜貨店門口，還用力張開雙手，一副不讓人離開的架勢。

「快走！」李安娜大喊，提著塞滿商品的塑膠袋就要往外跑。

「老公！你好了沒？他們要走了啦！」福來嫂朝後面大喊。

「來了！來了！」阿旺伯也大聲回應。

安德魯等人回頭看，只見阿旺伯從後方走出來，雙手捧著一個鍋子，小心翼翼地將鍋子放在櫃檯上。

鍋蓋一打開，熱騰騰的香氣瞬間噴了出來。

「你們先別走啊，我煮了一大鍋泡麵要給你們吃呢！」阿旺伯呵呵笑著，伴隨密密麻麻的眼角皺紋，「我知道你們都餓了，光吃餅乾零食的怎麼會有體力，我們店裡也沒什麼好料的，只能委屈你們吃泡麵了。」

「對啊！麵剛煮好，趕快趁熱吃！」福來嫂笑著把三人推到櫃檯旁，「這一鍋不用錢，老闆請客啦！」

安德魯這才知道自己誤會了對方，和李安娜對看一眼，兩人都不好意思地笑了。

福來嫂熱情地幫他們盛麵裝湯，三人圍坐在一起，咕嚕咕嚕大口吃下這難得的一餐，鍋裡不只有泡麵，還有阿旺伯另外加的雞蛋和青菜，讓安德魯他們不僅一碗接一碗吃得痛快，甚至連鍋底的湯汁都不放過。

吃飽後，三人準備離開說再見，沒想到福來嫂說待會就要天黑了，接下來得走很遠的路才有旅館可以住，不如今晚就睡他們家吧。

三人連忙說不好意思麻煩，但兩夫妻說什麼都不准他們拒絕，阿旺伯更是馬上把車開過來，直接載他們回家。

坐在阿旺伯的車上，安德魯發現沿路真的沒看到年輕人，只有少數幾個老人家坐在屋外聊天，難怪雜貨店的生意那麼差，平常能有客人上門就不錯了，想多賺點錢幾乎是不可能的事。

五分鐘過後，終於來到阿旺伯的家，他安排三人睡在女兒的房間，木頭地板上鋪了一張超大的雙人床墊，床尾擺了一台電視機，除此之外的空間，幾乎都被大大小小的箱子佔滿。

「不好意思啊，」阿旺伯搔搔頭，覺得抱歉，「我女兒之前在做網路購物，買一堆有的沒的回家賣，結果都賣不掉，就全塞在這裡，搞得都快沒空間了。」

「不會啦！我們有得住就很感激了，不擠不擠！」蕭吉連忙說沒關係，「那你女兒呢？她晚上要睡哪裡？」

「她在台北上班啦！留在這裡賺不到錢，還是要去大城市才有機會！」阿旺伯突然有些感慨。

「啊！這裡還有面膜耶！」李安娜從一個微微打開的紙箱裡，看到一片又一片的面膜，「阿旺伯，你女兒也賣面膜喔！可以賣我幾片嗎？」

「盡量拿去用，不用錢啦！」阿旺伯從紙箱裡拿出十幾片面膜，分送給三人，

「她之前跟工廠批了三大箱一千多片，最後賣掉的不到五十片，生意有夠差的啦哈哈！」

「那我們晚上就來敷面膜吧！」李安娜笑得好開心。

「對了！這裡還有一些賣不出去的衣服，你們也可以拿去穿，不用客氣喔！」阿旺伯指著角落一個收納箱，「這些衣服都沒被人穿過，一定很傷心！」

「哈哈哈哈哈！」安德魯忍不住大笑，他沒想到阿旺伯講話這麼好笑，竟然還說衣服會傷心，真是愈來愈喜歡這個台灣老伯了。

突然他靈機一動，趕緊從白色背包裡拿出那張照片，指著上頭的黃色小屋問阿旺伯：「請問，你看過這間房子嗎？」

阿旺伯接過照片，特地睜大眼睛看個仔細，但沒多久就搖搖頭，「台灣這種房子很多，但弄成黃色的我還真沒看過呢！」

「喔……」安德魯失望地拿回照片。

「你們好好休息吧！把這裡當自己家，冰箱裡的東西都可以吃！」阿旺伯把家裡大門鑰匙放在桌上，揮了揮手，「我先去店裡陪老婆了，十點才會回來。」

安德魯等人笑著跟阿旺伯說再見，他一離開，三個人立刻爭先搶後地撲倒在那張大床上。

這一天，他們都累壞了。

$ $ $

洗完澡，換上阿旺伯女兒那些賣不掉的衣服褲子，三人敷著面膜躺在大床上，準備收看晚上七點的夜間新聞。

蕭吉刻意卡在李安娜和安德魯中間，不讓兩人有身體接觸的機會，只要想到昨晚他們睡在一起，儘管李安娜說什麼事情都沒發生，蕭吉還是覺得很不爽。

今晚要換他跟李安娜睡在一塊，安德魯就睡到旁邊去吧！

七點了，提款機盜領案再度霸佔新聞頭條，警方宣布在苗栗的鄉間小路發現一輛丟棄車輛，雖然車牌是被盜用的，但查明後發現是蕭吉等人遺棄的交通工具，研判三人目前應該還在苗栗境內。

「警察的速度好快！」蕭吉有點緊張，「他們會不會馬上就查到我們在這裡？」

「還好吧！你路上有看到任何監視器嗎？」李安娜反問。

「沒有！」安德魯插嘴。

「對！沒有監視器畫面，警察就不會辦案了！」李安娜說得很有把握。

「那就好。」蕭吉鬆了一口氣。

新聞接下來開始訪問路人，記者問民眾對安德魯等人一起逃亡有什麼看法。

「那兩個台灣人很糟糕！怎麼可以幫外國人偷我們的錢！」

「他們就是愛錢啊！年輕人不努力工作，竟然用這種方式獲取暴利，遲早會有報應！」

「最好不要被我遇到啦！不然我先扁一頓再說，太可惡了他們！」

「洋男俏妞矮胖子，希望他們早日落網！」

看著電視上的民眾高談闊論，讓三人不停搖頭，蕭吉更是抓狂到用手猛搥床墊，雙腳在半空中猛踢。

「靠北啦！為什麼你們兩個是洋男俏妞，我就是矮胖子！」蕭吉仰頭怒吼。

「哈哈哈哈哈！」李安娜和安德魯同時捧腹大笑。

「媽的！還說我們愛錢，這是什麼屁話，難道那些民眾就不愛錢嗎？」蕭吉愈說愈不爽，「信不信，就算我把這些錢丟進化糞池，照樣有一堆台灣人跳進去挖寶！」

李安娜突然瞪大眼睛看著蕭吉，看得他好納悶。

「我們要不要來賭一把？」李安娜迸出這句。

「怎麼賭？」

李安娜想了一下，接著打開手機電源，不知上網查了哪裡的電話，準備打過去。
「我不是說手機平常要關機嗎？妳要打電話給誰？」蕭吉緊張地問。
「新聞台啊！」李安娜說。
「靠！妳不怕警察追蹤到這裡喔？」蕭吉伸手想搶走李安娜的手機。
李安娜閃過了身，不讓蕭吉碰到手機，「怕什麼？就算追蹤到這裡又怎麼樣？我們馬上就要走了。」
「去哪？」蕭吉又問。
李安娜不理蕭吉，只是把食指貼在嘴唇上要他安靜，接著跟電話那端的人說話，她先是自我介紹，再請總機轉接給新聞部的主管，最後問能不能跟正在播報新聞的主播連線。
蕭吉和安德魯在旁看得納悶，不知道李安娜要搞什麼鬼。
「對方要我等一下。」李安娜對兩人眨眨眼，同時要他們看電視。
蕭吉和安德魯盯著電視，不久後就看到主播臨時插播一則新聞，表示攜款逃亡三人組當中的李安娜，正在電話線上。
「李安娜小姐，請問妳要跟台灣人說什麼？」電視上的主播問。
「拜託，不要再說我們愛錢了！而且大部分的錢也不在我們身上！」李安娜對著手機說。

「不在你們身上，那是在哪裡？」主播又問。

「被我們丟啦！你們都不知道帶那麼多錢在身上很累耶！鈔票很重的，重到我的腰都快斷了！」李安娜邊講邊憋笑，「所以我們今天就丟在路上了，看誰缺錢的，自己去撿！」

李安娜最後說錢丟在一塊荒草平地上，位置差不多在苗栗縣某某路中段，說完直接掛掉電話，同時關閉手機電源。

「安娜，妳說的不就是旺福雜貨店那邊嗎？」蕭吉好意外。

「對啊！你們信不信，今晚阿旺伯和福來嫂不用睡了，準備賺大錢囉！」

「為什麼？」安德魯不懂。

「因為台灣人愛錢啊！」蕭吉大笑，「尤其是這種不勞而獲的錢！」

「等一下那裡肯定擠滿人，大家都想撿鈔票！」李安娜愈說愈開心，「害我好想去看喔！」

「可以啊！」蕭吉指著臉上的面膜，「就這樣去啊，反正不會有人知道是我們。」

「啊！啊！啊！」李安娜忍不住抱住蕭吉，「你真是太聰明了！我們還要把那三箱面膜帶去雜貨店賣，讓阿旺伯和福來嫂把庫存清光光！」

後面李安娜還說了什麼，蕭吉根本沒聽進去，只是沉浸在被她抱住的快感裡，享受那豐滿胸部的柔軟觸感，聞著髮梢飄散的清香，以及心愛女人嘴裡呼出的溫暖氣息。

好希望時間永遠停留在這一刻啊！蕭吉在心裡吶喊，他渴望一直被這樣抱著，如果還能和李安娜一起脫光光，人生就沒有遺憾了！

「走吧！現在就把面膜搬去雜貨店，得趁人潮來之前弄好啊！」李安娜發號施令，「安德魯，我要跟你借一點鈔票，來玩弄那些愛錢的台灣人！」

「送妳！」安德魯笑著打開白色背包，讓李安娜從中抽出好幾疊鈔票。

蕭吉愈來愈搞不懂李安娜到底想幹嘛，只見她把鈔票分成好幾份，交代他們把錢放進褲子口袋，晚一點會再解釋怎麼做。

「剛剛我用了手機，以防萬一，這裡已經不能再回來了。」李安娜指著他們從旺福雜貨店買來的生活用品，「等一下先把這些帶走，在路旁找個地方藏起來，等我們準備從雜貨店離開的時候，就不用再回來拿了。」

三人先在附近的暗巷藏好東西，再回到阿旺伯家把三箱面膜搬走，最後浩浩蕩蕩往旺福雜貨店出發。

還沒走近雜貨店，他們就已經看到車潮陸續湧現，而且愈來愈多，都不知道從哪趕過來的。等他們來到那塊長著荒草的大空地時，更是看到一大票人拿著手機當手電筒，低頭照亮腳下的草地，一副就是在找錢的模樣。

走進雜貨店裡，阿旺伯和福來嫂吃驚地看著他們，不懂三人幹嘛臉上敷著面膜，還特地把女兒賣不掉的一千多片面膜都搬來。

「這個要問她，」蕭吉指著李安娜，「我也搞不清楚！」

但李安娜什麼也沒說，只是找了一塊紙板，寫下「招財面膜，一片兩百元」，接著立在那三箱面膜前方。

「一片兩百？誰要買啊？」福來嫂看了直搖頭，「我女兒一片才賣十元，都沒人想買呢！」

「別擔心，就算一片賣一千，也會有人買的啦！」蕭吉拍拍胸脯保證。

「等一下你們會很累喔！祝你們今晚賺大錢！」李安娜笑著拍拍阿福伯的肩膀。

開始有民眾走進雜貨店，到冰箱拿了飲料，到零食區取走好幾包餅乾，一副就是想熬夜找錢的架式。

「要不要買面膜呢？有招財效果，一片才兩百元喔！」李安娜趕緊跟他們推銷。

但沒有人理她，只是看著她臉上的白色面膜，露出「這女人有病嗎？」的不屑表情，接著走到櫃檯找阿旺伯結帳，付完錢就往外跑出去，好像動作慢了就找不到錢似的。

「走吧！」李安娜對著蕭吉和安德魯使眼色。

三人走出雜貨店，發現那塊荒草平地上的人愈來愈多，而且一旁的馬路也開始塞車了，甚至連警車都來湊熱鬧。

蕭吉知道，警察不是來抓他們的，而是想搶先民眾一步，趕緊找到李安娜謊稱亂丟的那筆錢。

李安娜拉著蕭吉和安德魯混進人群裡，還刻意選在遠離警察的區域，低著頭假裝也在找鈔票，她偷偷在兩人耳邊說：「等一下我做什麼，你們就跟著做。」

「好！」蕭吉和安德魯異口同聲。

過了一會，李安娜看身邊人潮累積到一定數量，就故意蹲下身體，從褲子口袋抽出幾張鈔票，再故意起身對著人群大喊：「啊！啊！啊！我撿到錢了！」

蕭吉趕緊跟著照做，也大聲吼叫：「哇！我撿到三千塊！」

安德魯有樣學樣，跟著揮舞從口袋拿出來的千元大鈔，只是他一句話都沒說，就怕口音被聽出來他是外國人。

附近的人群開始騷動，紛紛朝三人靠了過來，七嘴八舌說個不停：「哪裡找到的？為什麼你們這麼好運！好羨慕喔！我也想撿到錢啊！」

「一定是我臉上這片面膜帶來的好運！」李安娜故意指著自己的臉，語氣浮誇到極點。

「招財面膜！果然有用耶！」蕭吉馬上答腔。

「哪裡有在賣？我也要買！」一名路人趕緊問。

「我在那裡買的！」李安娜指著旺福雜貨店，「好便宜喔！一片才賣兩百，就讓我撿到八千了！」

眾人聽了立刻陷入瘋狂，一個個往旺福雜貨店衝過去，還爭先恐後、你推我擠，就怕買不到面膜。

如法炮製，蕭吉三人又到其他沒警察的位置，重複同樣動作，果然又把一批人騙去買面膜。

幾趟下來，蕭吉看到旺福雜貨店裡擠滿了人，他們不只搶購號稱有招財效果的面膜，還連帶買了不少吃的喝的，樂得阿旺伯和福來嫂笑著收錢，臉上盡是驚喜。

漸漸地，草地上敷著白色面膜的人愈來愈多，李安娜拉著兩人，偷偷在地上放些零散鈔票，接著不時聽到有人高喊撿到錢了。於是四周又陷入瘋狂，一波接著一波，就連警察聞風而至要民眾交出錢來，也澆不熄大家的激情，根本沒人要理警察。

不久，蕭吉注意到有新聞台的ＳＮＧ轉播車開了過來，而且還不只一輛，他們就停在旺福雜貨店前方的馬路上。有記者跑去採訪阿旺伯和福來嫂，也有攝影大哥把鏡頭對準敷面膜撿到錢的民眾。

現場彷彿大型活動現場，人聲鼎沸、熱鬧非凡，只差沒有攤販來做生意而已。

蕭吉望向身旁的李安娜，看到她臉上面膜擋不住的笑容，看到她眼睛散發出的光芒，愈看愈是著迷。

這時候的她，好美啊！

「走吧，我們該走了。」李安娜同時勾住蕭吉和安德魯的手，「對不起兩位，今晚沒辦法在阿旺伯的家裡睡覺了。」

「沒關係！」安德魯輕輕搖頭。

「沒辦法，總不能給老人家添麻煩啊。」蕭吉故意嘆了口氣，「他們應該很快就會知道我們是誰了，只好趕夜路囉！」

「對啊，趁現在大家忙著撿錢，我們趕快走吧！」李安娜把兩人往馬路上拉，「繼續我們的逃亡之旅！」

蕭吉笑著點頭，同時望向敷著面膜的上千名群眾，心裡忍不住狂笑。

愚蠢又貪財的台灣人啊，謝謝你們跑來找錢，雖然大部分的人都會敗興而歸，但旺福雜貨店今晚賺得可多了。

接下來，阿旺伯和福來嫂至少能過一段好日子吧。

蕭吉覺得開心，他好久沒有這種成就感了。

6

涼風徐徐吹來，吹得蕭吉臉上舒服，心裡卻不怎麼痛快。

走在只有月光和路燈照明的鄉村小路上，蕭吉耳朵聽著四周環繞的唧唧蟲鳴，眼睛盯著李安娜和安德魯的背影，兩人手上提著大包小包，並肩走在一起，怎麼看都像剛採買完要回家的小情侶。

他們走得好急，腳步輕快，不知道在趕什麼。

蕭吉剛好相反，他的步伐愈來愈慢，手上的袋子感覺似乎變重了，讓他開始吃不消，恨自己為何要淪落到這種地步。

白天已經在烈日下走了好幾個小時，晚上好不容易可以在阿旺伯家睡一覺，哪知道李安娜突然打電話給新聞台，莫名來個面膜送錢行動，搞得現在他們必須連夜趕路。

他真的累了，好想立刻躺平睡個大覺，就算叫他去睡墳墓也可以。

但是在那之前，他想先找到公共廁所，剛剛走得太匆忙，沒時間好好拉個屎，現在滿肚子大便憋得好難受。

「蕭吉，你走快一點啦！不然就要天亮了！」李安娜回頭，朝他大喊。

「加油！加油！」安德魯也給他鼓勵。

「我好累！我想睡覺！我他媽的想大便！」蕭吉接近崩潰狀態。

李安娜和安德魯停下腳步，等蕭吉慢慢跟上。

「蕭吉，我現在也很累，可是我們真的沒辦法停下來，」李安娜嘆了口氣，「只有找到安德魯的叔叔，我們才可以休息。」

「對不起，讓你辛苦了……」安德魯誠懇道歉。

「請你們搞清楚狀況好不好，現在最重要的不是找到人，」蕭吉夾緊雙腿，用力憋住便意，「而是想辦法躲個好幾天，先避一避風頭再說，畢竟全台灣都在找我們！」

「問題是要躲去哪？」李安娜晃著手上裝滿零食飲料的塑膠袋，「這些也吃不了多久，然後呢，沒東西吃的時候怎麼辦？」

「再買就好了，我們可以變裝，派一個人去買便當，這些都不是問題，」蕭吉打起精神，說得正經，「現在我們的新聞正在風頭上，所以不能公開露面，必須再等幾天，等到有新的頭條新聞跑出來，台灣人就會忘記提款機盜領案，到時候我們就安全了。」

蕭吉覺得自己的想法是對的，但李安娜和安德魯只想趕快找到安德森叔叔，所以希望繼續趕路，愈快找到人愈好。

「蕭吉，如果你覺得我們急著找人太危險……」李安娜說得直接，「沒關係，我和安德魯去找就好了。」

「吼！不要再跟我講這種話！三個人就是三個人，你們這麼想甩掉我嗎？」蕭吉超不高興的。

「沒有啦！我只是怕連累到你。」李安娜覺得不好意思。

「她說你是無辜的，我對不起你。」安德魯也感到抱歉。

「停！可以了！現在最重要的就是先找個地方躲……」蕭吉說到一半，突然哆嗦打了冷顫，「不，我要先找個馬桶！」

蕭吉撐不住了，他感到雙腿間的壓力愈來愈大，已經到達臨界點，再不趕快解決，隨時可能爆門而出。

「不行了！我現在要大便，只好去草叢裡解決了！」蕭吉指著兩人手中的袋子，「裡面有沒有衛生紙，快點給我！」

李安娜和安德魯連忙打開塑膠袋，在裡頭翻啊找啊，偏偏什麼都有，就是沒有衛生紙。

「我們忘了買衛生紙……」李安娜覺得抱歉，但馬上笑了出來，「哈哈哈！蕭吉，你得想辦法擦屁股了！」

「沒有衛生紙，可是你有這個！」安德魯笑著伸出雙手。

「樹葉和石頭也可以喔！古代的人都這樣，沒有問題的哈哈哈！」李安娜跟著補充。

李安娜和安德魯笑得好開心，但蕭吉完全笑不出來，表情僵硬到不行。

「幹！這是什麼人生啊！」蕭吉說完，就把手中的袋子放到地上，接著夾緊屁股鑽進路旁的草叢，「你們等我一下，我很快！」

蕭吉刻意走遠一點，他怕自己的味道太臭，會讓李安娜想暫時停止呼吸，那就尷尬死了。

他努力在草叢裡鑽啊鑽的，終於來到一塊平坦處，急急忙忙把褲子脫掉，身子往下一蹲，那滿肚子的龐大壓力瞬間傾巢而出，好一個痛快。

等到壓力解決了，麻煩也就跟著來，蕭吉不知道該拿什麼擦屁股。

他看看附近，發現左邊有一塊表面光滑的石頭，右邊則長著幾株野薑花，但到底要用石頭還是野薑花的葉子，他有些拿不定主意。

不管怎樣，都比用手好。

就在猶豫不決時，蕭吉突然想到還有其他選擇，而且是這輩子從沒用過的東西，讓他忍不住想體驗看看。

他從褲子口袋抽出幾張千元大鈔，用手指在上頭摩擦，感受鈔票表面的細膩紋路，心裡突然虛榮起來，原來自己可以這麼囂張，竟然把鈔票當衛生紙來用。

太爽了！太爽了！太爽了！蕭吉在心裡叫翻天，同時把鈔票往屁股擦去，一張擦個一次就丟掉，完全沒在客氣的。

擦拭完畢，蕭吉過足了有錢大爺的癮，穿起褲子起身走向馬路，卻發現李安娜和安德魯都不見了。

「安娜！安德魯！你們在哪？」他大喊。

但四周除了蟲鳴聲，根本沒有其他聲音，李安娜和安德魯依然不見蹤影。

蕭吉開始不安，擔心剛剛有警察冒出來把人抓走，於是急著在原地大喊，又在附近四處尋找，還是看不到他們的身影。

兩人像是被外星人抓走了，一點痕跡都沒留下，連蕭吉剛剛放在地上的雜貨店袋子也徹底消失。

不對！蕭吉突然懂了，李安娜和安德魯才不是被人抓走，而是故意放他鴿子，一起手牽手離開了。

「啊！啊！啊！」蕭吉忍不住大吼大叫，像要把喉嚨喊破般的狂叫，「為什麼要丟下我！為什麼！為什麼！」

他們都不要我了……他們都不要我了……他們都不要我了……

這句話不斷在蕭吉心裡迴盪，讓他難受極了，頓時覺得眼睛似乎看不到東西，陷入一片黑暗。

蕭吉有些腿軟，他趕緊讓自己坐下來，免得暈倒過去。

這不是他第一次被人丟下了，過去的痛苦回憶瞬間翻湧而上，那太沉太重了，壓得蕭吉快要喘不過氣。

在家裡，他從小就是沒人疼的孩子，爸爸只愛妹妹，媽媽疼的是弟弟，他這個當哥哥的一直得不到寵愛，心裡早就堆滿委屈。

國一那年，爸媽突然說要離婚，爸爸想把妹妹留在身邊，媽媽要把弟弟帶走，就是沒人問蕭吉一句：「你要跟爸爸，還是跟媽媽？」

沒有人要蕭吉，最後他只好黯然離開，搬到外縣市跟奶奶一起住。

也就在他心情最差、準備轉學的那時候，班上一個胖胖的女同學突然跟他告白，當著全班的面說暗戀他好久了，問兩人能不能當男女朋友？

本來蕭吉跟她還不錯，平常也會哈拉打屁說笑話，但那天他的心情太差，滿腦子都在想：「為什麼爸爸媽媽都不要我？」

幾乎是脫口而出，小小年紀的蕭吉對那位女同學大喊：「滾開！妳這個死肥婆、醜八怪！我永遠不會喜歡妳！」

印象中，那個女生哭得很慘，一整天眼睛都是腫的。

隔天蕭吉就離開學校，再也沒見過班上同學，更不用說那個被他拒絕的女孩。

一想起這件事，蕭吉忍不住哭了，他無法再次承受被人拋棄的痛苦，也忘不了當年傷害的女孩，一句「對不起」藏在心裡想說出口，可惜兩人再也沒機會遇到了。

「對不起……」蕭吉坐在原地，哭得一塌糊塗，不斷說著：「對不起、對不起……」

他愈哭愈大聲，一點都不想壓抑自己的情緒，直到四隻腳出現在他面前，才終於止住淚水，傻傻地抬起頭。

李安娜和安德魯站著看他，一副極度訝異、又像在憋笑的模樣。

「蕭吉，你在跟誰說對不起？」李安娜問他。

「你為什麼要哭？」安德魯有些不好意思，「我們在跟你開玩笑。」

「我們只是故意躲起來，假裝要放你鴿子，」李安娜忍不住笑出來，指著遠方一棵大樹，「所以就躲在那裡看你，沒想到你竟然哭了！」

什麼？原來只是整人遊戲？蕭吉有些火大，這個玩笑也開得太過分了！

「吼！這種玩笑可以亂開嗎？我剛剛真的快要嚇死了，還以為你們被警察抓走耶！」

蕭吉愈說愈生氣，直接跳起來追著兩人打，讓李安娜和安德魯邊跑邊笑，直呼沒想到他有一顆玻璃心，脆弱到不能開玩笑。

「以後不管發生什麼事，都不准丟下我！」最後，蕭吉認真說出這句話。

「好，不丟！」李安娜把手放在胸口，「說什麼都不丟！」

「我也是！」安德魯有樣學樣，右手也貼在胸膛，「你死了也不丟！」

「呸呸呸！烏鴉嘴！外國人不要亂說中文啦！」蕭吉白了安德魯一眼，接著又問李安娜，「現在呢？繼續趕路，還是先找地方躲起來？」

「剛剛我和安德魯討論過了，覺得你說得對，我們應該先躲起來幾天，等新聞熱度退了再說。」李安娜指著馬路上的遠端，「我用手機查過地圖了，再走個幾公里就會到一個交流道，那裡有地方可以讓我們躲一陣子。」

什麼地方？蕭吉心裡冒出一個大問號。

$ $ $

小仙女檳榔攤。

站在交流道附近的十字路口，眼前是一間獨立於馬路邊、三面都被鐵捲門包圍的檳榔攤，李安娜看著招牌熟悉的「小仙女」三個字，好多回憶突然湧上來，攪得她心情有些複雜。

但現在沒時間回想過去，天已經亮了，路上開始有趕去上班的車輛出現，必須趕快進去，免得被人認出來。

「這就是妳說可以躲幾天的地方？」蕭吉看著大門深鎖的檳榔攤。

「對。」李安娜點頭。

「妳瘋了嗎？」蕭吉覺得不可思議，「等一下老闆來開門做生意怎麼辦？」

「老闆不會來的。」李安娜說得篤定。

「門沒有開，我們怎麼進去？」安德魯上前摸了緊閉的鐵捲門，想往上推，但根本推不動，「不能開。」

李安娜微微一笑，要兩人跟著她走到檳榔攤後方，只見後頭有個木門，李安娜彎腰伸手到懸空於地上的檳榔攤下方，摸了幾下之後，拿出一把鑰匙。

接著她把鑰匙插進門鎖，咔啦一聲就打開了。

「哇！」安德魯和蕭吉同聲驚訝。

「進來吧。」李安娜第一個走進去。

三人進了檳榔攤，當李安娜打開電燈和冷氣之後，安德魯和蕭吉又發出更誇張的驚呼。

只見檳榔攤內部空間寬敞，鐵門後方是三大塊落地玻璃，拉下的鐵門把外界隔離開來，即使晚上開了燈，光線也不會外洩出去。此外還有乾淨地板，更棒的是冰箱內有各種飲料，除了礦泉水、果汁、汽水，還有好多好多的啤酒。

唯一沒有的，就是檳榔攤最不可少的檳榔。

「天啊！妳怎麼會知道這種地方，根本是逃亡度假村嘛！」蕭吉從冰箱裡拿出好幾罐啤酒，「可以喝嗎？」

「盡量喝！」李安娜從蕭吉手中拿過啤酒，打開拉環，咕嚕咕嚕喝下一大口，「除了沒有吃的，這裡夠我們待上好幾天了。」

「為什麼妳知道這裡？」安德魯太好奇了。

「這是我一個好姐姐開的檳榔攤，我以前在台中念大學，有空的時候就來找她聊天，」李安娜無奈地攤手，「最近她爸爸得了癌症，狀況不太好，所以生意暫時不做了，先專心在醫院照顧爸爸。」

「祝福她爸爸。」安德魯說得誠懇。

「可惜沒有檳榔，不然就可以讓安德魯嚐看看！」蕭吉也灌了好幾口啤酒，「睡前來一瓶啤酒，肯定很好睡！」

喝完酒，三人都覺得體力不支，各自找一塊舒服角落，窩在地上呼嚕嚕睡了好大一場覺。

睡飽之後，他們認真討論接下來該怎麼辦。

安德魯來台灣前早就把大台北地區的街道用Google地圖街景功能掃過一遍，沒有黃色小屋的蹤跡，前幾天他們跑遍桃園和新竹的眷村，也沒有任何發現。苗栗走得太匆忙，根本沒機會尋找，如今三人已經來到台中，等躲了幾天之後，到底要回頭把苗栗掃過一遍，還是直接從台中開始，一路往南找？

「先回去苗栗找吧，」李安娜舉手建議，「免得我們都走到屏東了，結果安德森叔叔其實是住在苗栗。」

「可是我們昨天在旺福雜貨店搞了那麼大的找錢活動，警方一定覺得我們在那附近，如果他們有追蹤安娜的手機訊號，那就更加確定了，」蕭吉繃起臉來分析，「所以短期內最好不要在苗栗出現，應該往南走才對。」

自己的意見被打槍，讓李安娜有點不開心，她轉頭看了安德魯，想知道他的想法。

安德魯卻是一臉茫然，什麼意見都給不出來。

「安德魯，你怎麼想呢？回頭，還是繼續往前走？」李安娜問他。

「我不知道，台灣很小，可是又好像很大……」安德魯有些洩氣，「我怕找不到叔叔。」

「別擔心！一切就交給老天爺吧！」李安娜拍拍安德魯肩膀，「只要你們有緣，就一定能重逢的。」

「重逢？」安德魯不懂這兩個字。

「就是會再見面啦！」李安娜笑著說。

其實李安娜一點把握也沒有，她只是想給安德魯加油打氣，尤其在他們被全民追捕的這時候，最怕的就是失去信心。

時間一分一秒過去，天色漸漸暗了下來，蕭吉稍微扮裝之後，就照著李安娜吩咐的路線去買便當，那間店裡有電視機，可以順便看看晚上的新聞報導。

回來後，蕭吉說有看到昨晚民眾在旺福雜貨店附近找錢的新聞，而阿旺伯和福來嫂也有被採訪，但兩人都表示沒看過他們三個人。

「謝天謝地！他們一定是為了保護我們，才故意說謊！」李安娜充滿感激。

「因為我們是貴人，昨天讓他們賺了好大一筆呢！」蕭吉開心拍手。

「我們是頭條新聞嗎？」李安娜趕緊問，一臉期待。

「不是，頭條是法國昨天發生恐怖攻擊，」蕭吉臉色突然沉了下來，「兇手開貨車衝撞人群，還開槍亂射，現場亂成一片，至少殺死了八十四人。」

「天啊！好難過的新聞喔……」李安娜都快哭出來了。

「為什麼要做這種事？」安德魯也不懂。

「往好處想，這個國際新聞對我們有利，至少新聞台覺得比民眾撿錢的事重要。」蕭吉說得冷靜，「搞不好再過兩天，台灣人就忘了要找我們，到時就可以離開這裡。」

蕭吉說得有理，讓李安娜只能認同，她也是看台灣新聞長大的，尤其是這幾年，動不動就有重大事件發生，一件事可以報導好幾天，但只要熱度一過，就不會有人關心。

因為大家都在追求刺激，永遠在期待更新、更扯、更荒唐的新聞出現。

果然，隔天晚上蕭吉又帶回最新的晚間新聞，土耳其發生流血政變，最後失敗收場，換來超過兩百人死亡的悲劇。

「結果今天就沒有我們的新聞，」蕭吉悠悠吐了一口氣，「我們壓力暫時沒那麼大了。」

「可是我心情好不起來，」李安娜有些難過，「土耳其政變的新聞太慘了。」

「那我們什麼時候走？」安德魯突然問。

「三天後吧，我覺得比較保險。」蕭吉說。

「到時台灣人就會忘記我們了。」李安娜看著安德魯，給他鼓勵，「再等三天，我們就去找你叔叔。」

「好！」安德魯笑了。

決定好離開日期，三人的心情就放鬆下來，但也開始覺得無聊，李安娜看到蕭吉閒閒沒事找樂子，竟然在檳榔攤裡到處亂翻。

「蕭吉，你不要亂動別人的東西啦！」李安娜忍不住提醒。

「有什麼關係，反正妳不說，老闆姐姐也不會知道。」蕭吉拉開一個抽屜，「我找看看有沒有撲克牌，不然超無聊的！」

「檳榔攤怎麼會有那種東西！」李安娜超想翻白眼。

「咦？這就是妳說的那個姐姐嗎？」蕭吉突然翻出一張兩個女人的合照，走到李安娜面前，指著照片裡一個年紀偏大的問，「看起來很年輕，應該不到四十吧？」

「對，她三十出頭。」李安娜臉上微笑，心裡卻祈禱蕭吉不要再問下去。

「那旁邊這個女的是誰？她的員工喔？」蕭吉指著另一個打扮清涼的女人，「要胸沒胸，長得又不漂亮，這樣也可以當檳榔西施？哈哈哈！生意一定很差吧！」

「什麼是檳榔西施？」安德魯好奇地湊過來看。

「就是衣服穿得很少啊！就像比基尼泳衣那樣，看起來很辣，有些檳榔西施是可以給客人摸的喔！」蕭吉用手捏了安德魯的胸口，「像是摸奶啊，還有下面！」

蕭吉作勢要摸安德魯的胯下，嚇得安德魯趕緊往後退。

「為什麼她們要被摸？」安德魯無法理解。

「這樣生意才會好，台灣男人都很色的啦，哈哈哈！」蕭吉笑得好色。

李安娜聽得很不舒服，伸手就想把照片搶過來，但蕭吉不肯給她，反而更加仔細盯著照片，好像發現了什麼。

不要，拜託……李安娜在心裡祈禱，希望蕭吉眼睛不好，什麼都沒看到。

「安娜，這個女的手上也有刺青耶……」蕭吉指著照片上那名檳榔西施的左手腕，「就在這裡，刺一個中文字。」

「我看！」安德魯把照片拿過去瞧，「這個字是『安』……安娜，跟妳手上的刺青好像。」

完了，李安娜知道他們發現了，她想避開這話題，準備走出檳榔攤，卻被蕭吉抓住，一邊看她手腕上的刺青，一邊看著照片。

「安娜，這是妳嗎？可是明明長得不一樣啊！」蕭吉問得認真，但表情彷彿不希望聽到答案。

李安娜不想回答，但蕭吉不肯放過她，一直追問。

「這個到底是不是妳？」蕭吉直接用吼的，「再不說，我就要退出了！」

「是我，還沒整型之前的我。」李安娜只能承認，畢竟那個刺青是抹不掉的證據。

「妳整過型？」蕭吉錯愕不已，「為什麼沒跟我說？」

「整型是什麼？」安德魯不懂。

「對，我三年前開始整型的，我的臉動過手術，雙眼皮是割的、鼻子有墊高、下巴也裝了東西，連胸部都是假的，不只這些，我還有抽脂，肚子、大腿和屁股都抽過！」

看著蕭吉震驚的臉，李安娜知道他一定不敢相信，因為去年她在臉書上找到蕭吉的帳號，主動送出好友邀請，蕭吉就只看過她現在這個樣子。

兩人上一次見面，已經是十二年前的事了，那年他們才國一，李安娜又說自己是他的隔壁班同學，蕭吉當然不會記得她以前長什麼樣子。

「所以，妳以前在這裡工作，有當過檳榔西施，還給客人摸嗎？」蕭吉的語氣明顯很不開心。

「客人不只摸過我的胸部，他們連下面也摸了！」

「賤！」蕭吉脫口而出。

「對！我是犯賤啊！為了賺錢就給客人摸，為了賺更多錢，就刷卡去整型，欠了一屁股債！」

「我不是說妳賤啦！」蕭吉趕緊解釋，「我是說那些客人賤！」

「我是真的賤啊！我不只當過檳榔西施，還去酒店上過班喔！」李安娜豁出去了，乾脆全部說出來，「我愈來愈漂亮，所以客人不只喜歡摸我，還想把我帶出場喔！」

「妳有跟他們上床嗎？」蕭吉直接問。

李安娜沒回答，她故意不說，就是想好好氣蕭吉一頓。

果然，蕭吉沒得到回答，沒多久就說要出去透透氣，打開後門就離開了。

檳榔攤裡，只剩下李安娜和安德魯。

她看著安德魯，看到他那雙溫柔的眼神，眼淚差點快要流下來。

但是她忍著，她要自己不可以哭。

「我沒有……我不喜歡他們碰我的身體，」李安娜把安德魯手中的照片拿了過來，看著自己原來的樣子，「我不喜歡他們，要不是為了賺錢，我才不想讓他們摸我。」

「妳不喜歡以前的妳嗎？」安德魯問得小心。

「我以前很醜很胖，沒有人喜歡我……」李安娜努力控制在眼眶打轉的淚水，不肯讓它流下來，「連喜歡的男生都叫我滾開，還說永遠不可能喜歡我。」

安德魯沒說話，只是走上前，張開雙手想抱住李安娜。

「不要……」李安娜拒絕了他，「我全身上下都是假的。」

「可是妳的這裡……」安德魯指著自己的胸口，「是真的。」

李安娜無法拒絕，任由安德魯把她抱進懷裡，眼淚再也控制不住了。

$　$　$

深夜，關了燈的檳榔攤裡一片漆黑，安德魯躺在地板上，睡不太著。

他爬了起來，摸黑把原本裝在白色背包的鈔票拿出來，換裝進黑色帆布袋裡，先是將護照、叔叔的信和黃色小屋照片換過去，接著才放入一疊又一疊的鈔票。

李安娜就睡在他對面，發出細微而規律的呼吸聲，讓安德魯知道她睡得很沉，或許在大哭之後，釋放不少壓抑許久的情緒，因此放鬆下來了吧。

安德魯回想今天抱著她的感覺，當時不覺得有什麼，事後才意識到自己好久沒跟人擁抱了，而上一個和他有這麼親密接觸的人，是安德森叔叔。

即便他曾經交過女朋友，還是個可愛的女孩，但也頂多牽牽小手而已，再親密一點的擁抱就沒辦法了，他心裡有個關卡過不去。

他一直以為自己害怕身體碰觸，但在想要安慰李安娜的那當下，竟然沒有這樣的心理負擔，單純是一股忍不住的衝動，想把她抱在懷裡，輕輕拍著她的背，說句那晚她曾經跟他說的「沒事、沒事」。

自己喜歡上李安娜了嗎？安德魯沒有答案。

他轉頭看著檳榔攤後門，忍不住好奇，蕭吉到底要在外頭待多久？

自從知道李安娜整過型，當過檳榔西施和酒店小姐之後，蕭吉就一直待在外面，甚至還跑去便利商店買了菸，獨自蹲在檳榔攤後方的草地上抽個不停。

和蕭吉認識這幾天下來，這還是第一次知道他會吸菸。

安德魯猜想，蕭吉一定很挫敗吧，自己喜歡的女生竟然隱瞞這麼大的祕密，好像不把他當自己人似的。

但蕭吉的反應也太激動了，李安娜又不是犯下什麼錯，只是想讓自己變漂亮、變得討人喜歡，而且想多賺一點錢而已。

再說，誰沒有過去呢？

如果真的喜歡一個人，不是應該接受她的全部，包含她的過去嗎？

安德魯想出去找蕭吉，希望能勸他改變心意，就算他不想喜歡李安娜了，至少在三人一起逃亡的這時候，還能好好當朋友。

安德魯把裝了一半鈔票的帆布袋推到旁邊，起身走向後門，就在準備開門時，外頭突然傳來轟隆隆的汽車聲響，那聲音愈來愈大聲，顯然正朝檳榔攤而來。

接著，他聽到蕭吉大叫：「停車！停車！」

砰！

猛烈的撞擊撲襲而來，安德魯看到檳榔攤的鐵捲門瞬間被掀起，破碎的落地玻璃飛速射向另外一端，正好是他剛剛躺在地上的位置。

安德魯嚇壞了，知道他如果沒有起身走到門邊，那些玻璃碎片肯定全往自己身上射，說不定連小命都不保了。

事情發生得太快，安德魯一時搞不清楚是怎麼回事，只能藉由外面照進的微弱燈光，隱約看到一台車的車頭，正牢牢卡進已經毀壞的鐵捲門裡。

「啊！」李安娜被嚇醒了，放聲尖叫，「怎麼會這樣！」

「安娜！安娜！」後門突然被打開，蕭吉慌張地衝了進來，跌跌撞撞來到李安娜面前，「妳沒事吧？有沒有受傷？」

「沒有……我沒事……」李安娜驚魂未定，「怎麼會有車子衝進來？」

安德魯頓時鬆一口氣，他們三個人都沒事，身上一點傷也沒有。問題是車上的人呢？在這麼高速的撞擊下，開車的人應該會受傷吧！

他趕緊從後門跑出去，來到那台半毀的汽車旁，只見車頭雖然卡進檳榔攤裡，但車體基本上是完整的。

安德魯來到駕駛座外頭，看到車上只有一個年輕男子，他癱軟地趴在方向盤上，額頭似乎有個傷口，正緩緩流出血來。

安德魯趕緊伸手去摸他的脖子，指尖感覺到脈搏還在跳動，但似乎有些微弱。

也就在這時候，安德魯聞到一股濃濃的酒味，從那個男人身上冒出來。

「幹！酒駕的啦！難怪會亂撞！」蕭吉來到安德魯身旁，也聞到了酒味，氣得猛踹車門，對著男人大罵，「活該！喝酒不開車是聽不懂嗎？還好你沒有撞到人，撞死自己活該！」

「他還活著。」安德魯說。

「我們要不要打電話叫救護車？」李安娜也來了。

「幹嘛救？他害我們沒地方躲耶！而且我最肚爛喝酒開車的人了！」蕭吉氣壞了，恨不得把人拖出來扁一頓，「就讓他死好了！這種人學不會教訓，以後還是會酒駕的，遲早撞死人！」

「不能死……」安德魯也開始緊張，尤其他看到男人頭上的血似乎愈流愈多了，

「安娜，快打電話！」

「不行！打了電話會怎樣你們知不知道？」蕭吉只想阻止，「對！救護車會來救人，可是警察也會來，那我們就完蛋了！」

「難道你要見死不救？你真的要讓他死在這裡？」李安娜認真地問蕭吉，「打電話叫救護車來，等他們把人救走，我們再離開就可以了，而且警察不會那麼早來，我們有很多時間。」

「對、對、對！」安德魯認同李安娜的建議，「妳快打電話！」

「手機在裡面，我去拿！」李安娜趕緊衝回檳榔攤裡。

「吼！我會被你們氣死！真的很沒有腦袋耶！」蕭吉又踢了一下車門。

安德魯也回到檳榔攤裡，打開從旺福雜貨店帶來的塑膠袋，裡頭有在阿旺伯家裡多拿的乾淨衣服，他找出一件白色上衣，想幫那個男人止血。

「安德魯，我好怕……那個人會不會死？」李安娜拿著剛打開電源的手機，有些發抖。

「不會的，妳趕快打電話，」安德魯拍拍她的肩膀，給她一點力量，「不要怕，他可以活下來的。」

「好，我現在就打！」

李安娜急急忙忙撥打一一九，告訴對方這裡有人出了車禍，情況很嚴重，地點就在某個交流道附近的小仙女檳榔攤。

安德魯趕緊跑出去，把衣服用力綁在那個人頭上，希望達到止血的效果。白色衣服很快就染成紅色，但止血效果似乎不太好，血還是持續在流。

「救護車快來啊！」安德魯在心裡祈禱，「再不來，這個人就要死了！」

過沒多久，遠處彷彿能聽到救護車傳來喔伊喔伊的聲音，安德魯趕緊再摸那個男人的脈搏，依然還在跳動。

看來有機會得救了，這讓他暫時鬆了一口氣。

「快！趁救護車還沒到，我們趕快躲起來！」蕭吉突然大喊。

「為什麼？」李安娜走了過來，「來的是救護人員，又不是警察，我們為什麼要躲？」

「要是被他們認出來呢？順便叫警察來捉我們嗎？」蕭吉說得直接。

「說不定他們需要人幫忙啊！」李安娜又說，「再說救人的時候，誰有空管我們是誰啊！」

「好，就算他們沒有認出來，也順利把人救走了，」蕭吉刻意停了一下，加重語氣強調，「但是救護車都有行車記錄器，我們一定會被拍下來，到時只要有人無聊到去調影片看，我們的行蹤就會曝光了。」

「對，我們不能幫忙！」安德魯附和蕭吉的想法，他看著馬路另一端，救護車的紅色閃光已經出現了，「躲起來！」

三人立刻往檳榔攤後方的草地跑去，刻意找了一塊路燈照不到的草地，連忙趴了下來，就怕被救護人員看到。

很快的，救護車來到檳榔攤前，李安娜看到有兩名救護人員下了車，迅速地把那個男人從撞壞的車裡移出來，再小心翼翼抬上擔架，送進救護車裡。

喔伊—喔伊—喔伊—

救護車離開了，安德魯終於放下心，知道在專業人士的照顧下，那個男人應該能保住性命。

接下來，他們該準備離開了。

三個人起身，準備走向檳榔攤，就在快到後門的時候，那台撞毀的車突然發生爆炸，嚇得他們趕緊往後退。

起火了，變形的車頭冒出熊熊火焰，不只燃燒汽車本體，也同時吞噬了檳榔攤。

安德魯知道事情嚴重了，他必須趕緊衝進檳榔攤才行。

「安德魯，你要幹嘛？」李安娜拉住他，「不能過去，火太大了！」

「錢在裡面！」安德魯說得心急，「所有的錢！還有叔叔的信和照片！」

安德魯甩開李安娜的手，他必須在火勢更大之前，把最後的希望救出來。

現在只能跟時間賽跑，但火勢比他預期的還要猛烈，蔓延速度實在太快了，快到安德魯必須拿命賭一把。他拉開檳榔攤後門，只見裡頭一片黑暗，濃煙遍布整個空間，讓他什麼都看不到。

安德魯先是後退幾步，在草地上深深吸了一口氣，接著閉眼憋氣，彎腰沿著地板往裡頭爬。

他記得黑色帆布袋的位置，就在冰箱旁的角落邊，確定好方向就伸出右手往前一抓，可惜什麼也沒抓到。

難道自己記錯位置了？還是剛剛李安娜進來找手機的時候，不小心把帆布袋踢到別的地方？

安德魯只好盡量伸長手，到處亂抓，經過一番折騰之後，終於讓他抓到帆布袋的一角。

他趕緊把右手伸回，準備再伸出左手，去找裝著另一半鈔票的白色背包。

但他馬上知道不妙了，濃煙比想像的還要多，而自己剛剛那口氣卻吸得不夠。肺部的氧氣快沒了，他必須呼吸才行，但這時只要吸進一點點濃煙，可能就會暈倒，瞬間失去意識。

安德魯開始感到害怕，因為他快憋不住氣，別說找到白色背包了，搞不好連爬出去的機會都沒有。

「安德魯！」身後，突然傳來李安娜的聲音，「你在哪裡？」

「快出來！」蕭吉也跟著大喊。

安德魯沒辦法回答，只能使出最後一絲力氣，用腳踢著地板，盡可能發出聲音。

下一秒，他發現自己的雙腳被人抓住，接著整個人往後方滑了出去，轉眼間就被抓出檳榔攤外。

一發現自己身邊沒有濃煙，安德魯趕緊張開嘴巴，毫不客氣吸飽滿滿的新鮮空氣。

他得救了。

但他沒能救出白色背包，只能眼睜睜看那超過一半的鈔票，在大火中化成灰燼。

$ $ $

天亮了，陽光緩緩照亮整片大地，帶來一片生機，綠葉散發出清新的氧氣，鳥兒開始啾啾鳴叫，正是一天最有活力的時刻。

但是李安娜的心情糟透了。

老闆姐姐的檳榔攤被大火燒光，讓李安娜心疼不已，她爸爸生病住院需要大筆醫藥費，如今又失去賺錢工具，接下來的日子該怎麼辦？

安德魯的錢也大半被燒成灰，救回來的只剩下三百二十萬，這嚴重的打擊讓三人沮喪到了極點，尤其是蕭吉。

「現在這些錢，根本不夠付我跟李安娜！」蕭吉說得直接，毫不掩飾。

李安娜注意到了，這是蕭吉第一次直呼她的全名，過去他都是叫「安娜」，這次連姓都一起叫了。

「安德魯，我先跟你講好喔！」蕭吉又說，「等找到你叔叔，不管剩下多少錢，都是我跟李安娜各分一半。」

「那安德魯怎麼辦？他也需要錢啊！」李安娜馬上反對，「而且是他把錢救出來的，再怎麼說也要拿一份！」

「他有叔叔可以靠，我們什麼都沒有耶！」

「你那麼愛錢幹什麼啦！」李安娜超不爽的，「如果最後剩三百萬，你還有一百萬可以拿，這已經很好了耶！」

「吼！我本來可以拿兩百萬的！」蕭吉怒吼。

「我不拿錢，你們一人一半，沒有問題。」安德魯終於開口。

李安娜沒再多說，既然安德魯都同意了，她就沒立場再跟蕭吉吵，反正最後一切隨緣吧，她只希望事情趕快結束，只要最後拿到的錢能付清卡債就好。

如果還有多的，她想送給檳榔攤的老闆姐姐，多少幫一點忙。

如今他們只能繼續往前走，趁著新聞暫時忘了他們的這時候，趕緊尋找不知位在何方的黃色小屋。

台中太過熱鬧，監視器也多，三人決定直接跳過這片都市叢林，先往彰化前進再說。他們走得很慢，炎熱天氣加上沒東西可吃，每一步都走得煎熬。

天黑之前，他們努力找了兩個眷村，就跟往常一樣，沒有一間平房的外牆是黃色的。

時間來到晚上七點，三個人已經二十四小時沒吃東西了，肚子餓得發慌，而且連今晚睡覺的地方也沒著落。

走著走著，他們經過一個村莊，遠遠就聽到麥克風傳來的歡唱歌聲，再湊近一點瞧，赫然發現有人在辦桌。一座宮廟前廣場搭起用竹子和塑膠帆布組成的遮雨棚，底下塞了好幾十桌，數百人正在大吃大喝，慶祝一對新人的結合。

「好想吃辦桌喔！」李安娜捧著肚子哀嚎，「我在台北都吃不到！」

「那是什麼?」安德魯好奇地問。

「就是婚禮、喜宴啦!」李安娜跟安德魯解釋,「有人結婚了,大家一起吃飯喝酒慶祝,可是這裡比較偏僻,沒有什麼高級餐廳,所以就用這種方式……喂!蕭吉,你要幹嘛?」

李安娜傻眼了,蕭吉這傢伙竟然往那辦桌的方向跑去,他是餓昏了嗎?不知道人多的地方不能去嗎?那裡只要有一個人認出他,就是給自己找麻煩啊!

李安娜趕緊上前攔住蕭吉,「你不要衝動好不好?難道你想去吃喜酒嗎?」

「我又不是笨蛋!」蕭吉指著喜宴旁一角,成堆瓦斯桶排排站的地方,「總鋪師在那裡料理大餐,通常都會多做,而且沒什麼人在顧,我們可以趁他們在忙的時候,偷偷拿一點東西吃。」

有道理!李安娜覺得蕭吉真聰明,趕緊回頭叫安德魯跟上,他們準備偷偷大吃一頓。

三人壓低身子,躡手躡腳地來到料理區附近,先找個遮蔽物躲起來,再探頭看幾名廚師切下一根根燒烤豬肋,裝好盤就放在長型桌上,等待外場人員一一分送。

「準備!只要沒人注意,我們就去偷來吃,」蕭吉瞄準目標,小聲吩咐,「一盤頂多抓一根就好,不要貪心!」

「好！」李安娜和安德魯同時點頭。

機會來了，一批外場人員送了半數肋排出去，廚師也去忙著料理下一道餐點，此時剛好沒人在長桌旁。

「動手！」李安娜準備衝出去。

但才剛起步，李安娜就察覺有人按壓她的肩膀，她停了下來，看看左右，發現壓她的人不是蕭吉或安德魯。

「你們在這裡做什麼？」身後，傳來一個陌生人的聲音。

三人趕緊回頭，只見一個滿頭白髮的爺爺看著他們，頓時知道大事不妙，連一根肋排都沒啃到，卻可能要準備吃牢飯了。

李安娜嚇到快要忘了呼吸，只想著該不該趕快閃人？

「我們來看今天有什麼菜啦！」蕭吉突然笑著回答，「看起來都好好吃喔！」

李安娜看著蕭吉，佩服這傢伙真會裝熟，一副好像是來吃喜酒的樣子。

「你們有點面熟……」老爺爺目光掃過三人的臉，「是我孫子的朋友？」

李安娜等人看看彼此，一起搖頭。

「還是我孫媳婦的朋友？」老爺爺又問。

三人還是搖頭。

「那就是我的朋友囉！」老爺爺突然哈哈大笑，「雖然我不認識你們，但謝謝你們來喝喜酒啊！來來來，還有位子，一起坐下來吃吧！」

李安娜還搞不清楚怎麼回事，就莫名其妙被老爺爺拉去吃喜酒，三人來到最靠角落的一桌，剛好剩下三個空位。

「各位！他們是我的新朋友，今天特地來喝我孫子的喜酒！」老爺爺笑著跟同桌的賓客打招呼，還拿起桌上的高粱酒，倒了滿滿一杯，仰頭就喝，「幫我好好招待招待啊！」

「沒問題啊村長！乾杯！」眾人大聲喝采，也紛紛拿起酒杯，跟老爺爺敬酒同歡。

李安娜這才知道老爺爺是村長，趕緊把高粱倒進杯子裡，接著三人高舉酒杯，笑著說恭喜。

敬過酒，他們也不客氣了，看到什麼就往肚子裡塞，一邊吃還一邊低著頭，努力裝低調就怕被人認出來。

好在根本沒人管他們，大家不是大吃大喝，就是和身邊朋友交頭接耳聊著新人的八卦。

吃到一半，新人開始巡場敬酒了，一桌桌與賓客乾杯致意，轉眼間，就來到李安娜他們這桌。

李安娜和眾人一起舉杯，說些祝福吉祥話，她看著美麗的新娘，心裡有說不出的羨慕，不知道自己將來有沒有機會，也能和心愛的男人步上紅毯，接受親朋好友的祝福。

她再看看新郎，感覺是個忠厚老實的好男人，年紀輕輕，卻有讓人放心的特質，心地應該很柔軟、很善良吧。

自己有可能遇到這樣的人嗎？善良可靠、認真負責，承諾一輩子照顧她，讓她心甘情願把未來交給對方。

想著想著，李安娜彷彿看到幻想中的自己，穿著一襲美麗白紗，身旁站著愛她的新郎。他好像五官輪廓有點深，還有微微發黃的頭髮，臉上甚至有個小酒窩。

李安娜嚇了一跳，瞬間從幻想回到現實，她轉頭看著身旁的安德魯，發現剛剛幻想中的新郎，不就是這個人嗎？

「啊……我喝太多了。」李安娜不禁苦笑，自己怎麼會把安德魯當作那個人。她和安德魯根本不可能的，何況找到他叔叔後，兩人就會分道揚鑣，再也沒有關係。

新人敬完酒離開，李安娜要自己不能再喝了，等一下就得離開，他們只是來填個肚子，根本不能久留。

可是安德魯喝開了，那些同桌的賓客看他是個外國人，開始不停勸他喝酒。不善拒絕的安德魯喝了一杯又一杯，還笑著跟李安娜説好好喝喔，為什麼台灣的酒這麼厲害，跟他在家鄉喝的都不一樣。

「別喝了，這是金門高粱酒，喝多了會醉！」李安娜小聲提醒。

「再一杯……」安德魯呵呵傻笑，又給自己倒了一杯高粱，「好不好？最後一杯。」

「好，只能再一杯喔！」李安娜沒辦法拒絕。

「耶！」安德魯竟然像個孩子，一小口一小口慢慢喝。

李安娜看著他，發現他整個臉都紅通通的，看起來好可愛。

如果他們不是通緝犯就好了，李安娜忍不住感慨，如果今天安德魯只是來台灣玩，如果他們真的是來參加朋友的婚禮，那麼就可以好好喝個痛快，什麼都不用擔心。

如果真能這樣，那該有多好？

可惜事實不是如此，這讓李安娜覺得好悶，她也伸手拿了酒瓶，想幫自己倒滿一杯，喝完就拉兩人離開。

可是她沒喝，因為安德魯突然趴在桌上，雙眼一閉，竟然就這麼睡著了。

「先生，你在跟我開玩笑嗎？」李安娜覺得頭好痛。

安德魯這一睡，他們要怎麼離開啊？

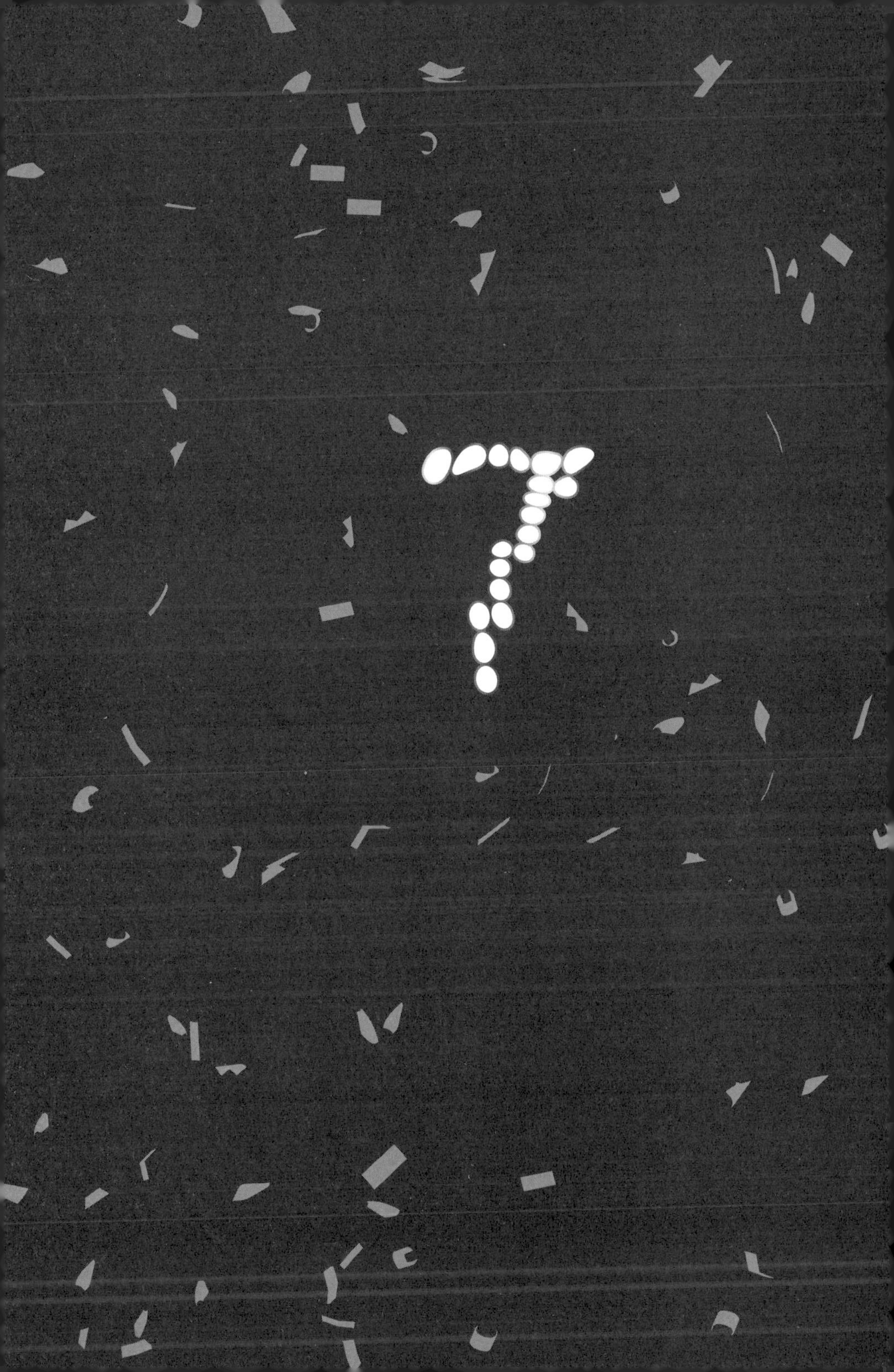
7

安德魯覺得好熱，而且什麼都看不到。

渾身就像被火燒一樣，每吋肌膚都開始滾燙起來，這讓他心裡隱隱不安，擔心自己是不是還在檳榔攤的大火之中，根本沒有逃出來。

跟李安娜、蕭吉在廟前廣場吃的辦桌，說不定只是一場夢，或是他被大火燒死之前的幻想，一切都是假的。

恐懼持續擴大，安德魯還是一樣看不到東西，但覺得眼前逐漸亮了起來，像是有人拿燈在他閉上的眼睛前面照射。

他突然意識到自己眼睛是閉上的，於是趕緊睜開雙眼，卻被瞬間的強光照得難受，馬上用手遮住光線。

這是怎麼回事？安德魯不懂，他剛剛看到的是陽光吧，高掛天空的太陽就大剌剌在他眼前，毫無遮掩。

過了一會，安德魯終於適應周遭的亮度，這才看清自己躺在平坦的磁磚地上，身旁立著一塊表面光滑的石塊，上頭刻了幾行中文字，而且不是一眼就能看懂意思的文字。

更嚇人的是，石塊最上方還有一張黑白大頭照，是個滿臉皺紋的老奶奶，雙眼下垂、嘴角微勾，看起來就像在對著他笑。

安德魯直覺認為這是墳墓，便趕緊爬了起來，果然看到石塊後頭有一座長滿雜草的土堆，裡頭埋的應該就是這名老奶奶的遺骨吧！

他嚇壞了，害怕的倒不是埋死人的墳墓，而是他怎麼會睡在這裡？李安娜和蕭吉他們在哪裡？為什麼會放他一個人睡在這裡？

「安娜！蕭吉！」安德魯朝四周大喊，「你們在哪裡？」

沒有人回應他，附近放眼望去，只有大片田地和一座座墳墓，根本沒有李安娜和蕭吉的身影。

安德魯不懂，昨晚他們一起吃村長孫子的喜宴，怎麼如今只剩下他一人？

錢！安德魯突然想到那些錢，他趕緊在附近尋找，但黑色帆布袋也不見了。

超級悲觀的念頭開始浮現，安德魯心想自己被放鴿子了，李安娜和蕭吉趁他昨晚喝醉酒，不只把他抬來這座墳墓丟下，還把所有的錢都帶走。

安德魯不敢相信這種事，蕭吉或許會這樣做，但李安娜怎麼可能？

等一下！安德魯突然想到之前和李安娜聯手惡整蕭吉的遊戲，他們兩個故意躲起來，讓蕭吉以為自己被放鴿子，最後甚至把他弄哭了。

對！一定是這樣，安德魯突然樂觀起來，相信兩人一定躲在不遠處，一邊看他驚慌失措的模樣，一邊捧著肚子偷笑。

安德魯暫時放下心來，悠悠哉哉留在原地等待，但等了超過一小時，還是沒看到兩人跑出來跟他說只是開個玩笑而已。

放眼望去，依舊沒有任何人影，彷彿天地之大，只有他一人。

老天爺，你為什麼要跟我開這種玩笑？安德魯抬頭問天，只能苦笑。

他死心了，這才相信自己真的被丟棄，丟在人生地不熟的台灣某處，讓他不知接下來該怎麼辦。

他連自己在哪裡都不知道了，又要怎麼找連住家地址都沒有的安德森叔叔？

太陽逐漸往天空的正中央爬去，氣溫愈升愈高，熱到讓人難以忍受。

安德魯決定離開了，儘管不知道要去哪，但都比留在原地好。唯有前進，困境才有可能出現變化，正如他毅然決然飛來台灣，寧可在異鄉求生，也不願留在看不到未來的羅馬尼亞。

安德魯盲目亂走，肚子開始餓了，嘴巴也愈來愈乾，炙熱的太陽又照得他汗流浹背，身體漸漸吃不消了，無力感不斷累積，甚至開始頭昏眼花。

隱隱約約，他彷彿看到前方有一棟建築物，依依稀稀，他似乎看到叔叔的名字。

德森……

然後他就昏倒了。

再次睜開眼睛，眼前不再是萬里無雲的藍色天空，而是有日光燈的白色天花板，安德魯發現自己躺在硬梆梆的地板上。

身旁，傳來一個小孩興奮的叫聲：「醒了！外國人叔叔醒過來了！」

接著，安德魯看到一群約莫十歲的孩子衝了過來，跟在他們身後的是名年輕女人，那輕快的腳步讓他以為看到了李安娜，可惜不是。

「太好了，你終於醒了！」那女人說的是英文。

「我會說中文，」安德魯開了口，但聲音有些沙啞，「我在哪裡？」

「德森國小，你口很渴吧，先喝水！」女人改說中文，還拿了一瓶礦泉水給安德魯，「來，慢慢喝。」

安德魯喝了水，頓時覺得舒服不少，再聽女人說明情況，才知道自己在德森國小的校門外暈倒了。幸好遇到這群小學生暑期返校打掃，又剛好在路上發現他，就聯手把他抬進教室裡。

「你好，我是他們的老師張瀞文，叫我張老師就可以了。」女人說。

「張老師，謝謝妳……」安德魯也向那群圍在身邊的孩子開口道謝，「謝謝你們。」

「你可能中暑了，把衣服脱掉，我幫你刮痧！」張瀞文笑著說。

「中暑?刮痧?」安德魯聽得好疑惑，「那是什麼?」

「啊……我也不知道怎麼解釋，反正對你有幫助啦!」

安德魯決定相信她，就把上衣脫了，讓張瀞文在他身後，用牛角骨和嬰兒油在背上來回刮壓。

「外國人叔叔，我是不是在哪裡看過你?」一個小男生指著安德魯的臉，「你有上過電視嗎?」

安德魯望著小男生的眼睛，深怕他看過自己被通緝的新聞，心裡隱隱不安，手裡緊抓著衣服，準備逃跑。

「我知道!」一個小女孩張著嘴笑，「還有好胖好胖的叔叔和好漂亮的阿姨，他們帶好多錢在身上喔!」

安德魯更緊張了，眼睛直盯教室門口。

「不是啦!」那個小男生反駁小女孩，「妳說的那個外國人沒有長鬍子，可是這個叔叔有鬍子啊!」

看著小男生指著自己的下巴，安德魯不由自主地伸手去摸，這才發現經過這幾天的逃亡，臉上早就長了密密麻麻的鬍子，跟新聞台公布他長相的照片大不相同。

照片上他的臉可是乾乾淨淨，跟現在差很多。

「其實我就是他喔，哈哈哈！」安德魯故意笑了幾下，「趕快叫警察來抓我！」

「哈哈哈哈哈！」小朋友都笑歪了，再也沒人提起這件事。

刮完痧，安德魯覺得身體輕鬆不少，悶熱難受的無力感逐漸消失，取而代之的是舒爽痛快。

「謝謝，我要走了。」安德魯穿好衣服，指著張瀞文手上的牛角骨，「這個很棒。」

「想要嗎？我可以送你一個喔！」張瀞文露出甜美微笑。

「不用！不用！」安德魯趕緊搖頭。

「沒關係，我有很多個！」

張瀞文把安德魯帶到老師辦公室，拉開她的辦公桌抽屜，拿出一個尺寸較小的牛角骨，交到他手上。

安德魯想開口說謝謝，眼睛卻突然直盯著張瀞文辦公桌上的一張合照，照片上頭的她和一個男人同時伸出雙手，在兩人頭上合組成一顆愛心。

他們身後是一間低矮平房，外牆漆上了黃色油漆。

「這個房子……」安德魯驚訝到無法再說下去。

「很特別對不對？我第一次看到眷村的房子是黃色的呢！」張瀞文拿起相片，讓安德魯看個仔細，「這是去年我和男朋友在屏東發現的，屋主也是個外國人喔！而且他叫安德森，剛好跟我們學校的名字一樣。」

「這間房子在屏東？」安德魯心裡燃起希望，急著問：「屏東哪裡？」

「地址我不知道，只記得是在成功新村裡面。」

成功新村！安德魯突然笑了，想起李安娜曾經在臉書訊息裡寫過「馬到成功」，原來老天爺早就暗示過了，只是自己不知道。

安德魯連忙說了謝謝，就快步離開德森國小，接下來他知道該往哪裡去了，就是台灣的最南端屏東，因為思念多年的叔叔就住在那裡。

他愈跑愈快，恨不得自己能用飛的，直到跑遠了之後，這才停下腳步。

安德魯發現自己興奮過度，竟然忘了問張瀞文該怎麼去屏東，他甚至連自己身在何方都搞不清楚，這下子知道黃色小屋的地點有什麼用，根本走不到那裡。

沒辦法，只好盲目亂走，先離開這四周的大片農田再說，等到了大馬路，再看有沒有機會搭便車。

前提是，他不能被認出是提款機盜領案的通緝犯。

走著走著，安德魯看到前方有台汽車正朝他開來，車上駕駛彷佛在盯著他瞧。

有些不妙，安德魯刻意轉過身，想等那台車通過再說。

但車子在他身邊停了下來，駕駛搖下車窗，在他身後大喊：「嘿！嘿！」

安德魯不敢回應，只想快步離開，就怕真的被對方認出來。

「你是安德魯對不對！我記得你！」那人繼續喊著，「我找到你了！」

安德魯拔腿就跑，想趕快甩開那個人，但兩條腿怎麼跑也比不過四輪車，那人把車直接開到他身前，攔住去路。

駕駛開門下了車，朝他揮揮手，安德魯這才知道對方是誰，是昨晚辦喜宴請客的村長，那個滿頭白髮的老爺爺。

「你到底跑去哪裡了？」村長問。

「我那兩個朋友呢？」安德魯反問。

「他們去台北啦！」

「我有一個黑色袋子，在他們那裡嗎？」

「對啊！那個女的拿走了！」村長說。

$　$　$

坐在彰化車站購票大廳的等候椅上，李安娜戴著帽子與口罩，緊緊抱住懷裡的黑色帆布袋，那裡頭裝有約三百二十萬的千元大鈔。

大廳內人潮來來往往，她低著頭，努力避開與人視線交會，就怕被眼尖的民眾認出來。

「票買好了，火車再過十分鐘就到站。」同樣遮住臉孔的蕭吉走了過來，將車票遞給她。

那是自強號的車票，從彰化出發，目的地是台北車站。

「走吧，去月台上等。」李安娜說。

她起身，和蕭吉往月台方向移動，兩人之間沒再交談，李安娜想開口跟他說點什麼，但還是決定放棄。

自從他知道自己整過型、當過檳榔西施和酒店小姐後，兩人就沒再聊過私事。所有的對話，都只跟那一袋錢有關，李安娜心想或許等回到台北，把錢的事情解決之後，兩人就可能不會再聯絡了。

她不怪對方，畢竟是自己有所隱瞞，蕭吉可以把這視為一種欺騙。

兩人走向剪票口，在經過車站大廳的牆上電視機前面時，李安娜的腳步停了下來。

電視正在播放新聞，畫面中的標題文字讓她心跳瞬間漏了一拍，「萬福銀行提款機盜領案主嫌安德魯落網」。

落單的安德魯這麼快就被抓了？李安娜覺得難過，因為這是她最害怕的事。但隨即知道不是她想的那樣，新聞裡被警察抓住的安德魯，並非過去幾天跟她一起逃亡的安德魯，而是同名同姓的另一個外國人。

被逮的安德魯年紀比較大，是來自拉脫維亞的四十一歲男子，在各國車手盜領提款機之後才來到台灣，負責處理贓款。盜領案曝光後，他發現自己被警察盯上，於是展開逃亡之旅，昨天才在宜蘭被休假的警察眼尖發現，進而落網。

警方另外公布已經掌握的監視器畫面，表示安德魯逃往宜蘭之前，曾將一筆錢丟在台北內湖山區，目前已經派員前往尋找。

下一則新聞也跟盜領案有關，是另外兩名外國人在台北落網，他們同樣負責處理贓款，警方跟蹤多時，昨天在維多麗亞酒店旁的餐廳將兩人逮捕，隨後在飯店房間內搜出三個行李箱，裡頭裝滿千元大鈔，總額超過六千萬元。

李安娜和蕭吉看到那兩個外國人的臉孔時，同時轉頭望向彼此，因為他們曾經見過那兩人，就是在三峽山區想殺死安德魯的殺手。

「他們果然是俄羅斯集團派來的人，」李安娜喃喃自語，覺得慶幸，「還好那時候安德魯有躲過一劫，不然就……」

也因為這兩則新聞，她才知道警察一直都有動作，只是低調行事，一切都在默默進行。如今，滯留台灣的嫌犯都落網了，從現在開始，警方肯定會把注意力集中在他們三人身上。

「我們去月台等車吧！」李安娜不願再看，只想趕快離開。

「等一下，」蕭吉不肯走，依舊盯著電視，「先看看有沒有我們的新聞再說。」

李安娜看著蕭吉認真的神情，知道他在想什麼。

果然，下一則新聞就出現安德魯、李安娜和蕭吉的照片，警方表示有八百多萬現金在他們身上，同樣請民眾幫忙尋找三人下落。

而萬福銀行總經理甚至出面接受訪問，還提出懸賞獎金，只要民眾通報三人行蹤，抓到一個就能得到五十萬獎金。

「他媽的我才值五十萬……誰都別想賺這筆錢！」蕭吉看完新聞，直接跟李安娜說，「手機拿出來，打電話給一一〇。」

「可是我們不是說好了，要直接去台北投案？」

「對！本來台灣人幾乎要忘了我們，現在新聞又出來提醒一次，還有獎金可以賺，大家一定睜大眼睛在找我們！」蕭吉緊皺雙眉，覺得頭痛，「我們不能上火車，只要有人認出我們，再打電話給警察就完了。」

「有什麼差嗎？一樣是去警察局報到啊！」李安娜拿出手機。

「差很多！一個是被抓，一個是主動投案，對法官來說就是不一樣！」蕭吉急了，指著李安娜的手機，「快打！」

李安娜終於懂了，滑開手機螢幕準備撥打一一〇，但還沒按下任何數字，電話就先響了。

「村長打來了！」李安娜看著來電顯示，趕緊接通，「村長，你找到他了嗎？」

「找到了！」電話另一端的村長呵呵笑著。

「真的假的？」李安娜簡直不敢相信，「他沒事吧？人在哪？」

「在我車上！你們兩個坐上火車了沒？如果還沒，我現在載他過去找你們！」

掛上電話，李安娜總算鬆一口氣，還好安德魯被找到了，又可以再見到他。

二十分鐘後，村長又打電話來，說他們已經來到彰化車站外頭，李安娜和蕭吉匆匆趕了過去，一看到安德魯站在車旁，李安娜毫不遲疑就上前抱住他。

「我以為再也見不到你了！」李安娜激動到都哭了。

「我也是，」安德魯摸摸她的頭，「以為你們把我丟掉了。」

「喂！是你自己不見的耶！」蕭吉用力搥了安德魯肩膀，「幹！我們還找你找了一個晚上，嚇都嚇死了！」

「我自己不見？」安德魯搔搔頭，「對不起，我都不記得了……」

「好啦、好啦！你們三個要聊到什麼時候？」村長在車內朝他們吆喝，「先上車吧！這裡人多，你們都不怕被認出來喔！」

李安娜愣了，不懂村長怎麼知道他們怕被認出來？昨晚她什麼都沒說，就算拜託村長幫忙找安德魯，也沒坦承他們的真實身分。還是說村長已經看過電視，知道三人正被警方追捕？

「村長，你知道我們是誰？」李安娜問得謹慎。

「知道啊！我中午在家裡有看到新聞，你們很紅呢！」村長大笑，又揮手要他們上車，「放心，我不會出賣你們的，上車！」

三人趕緊上車，李安娜要蕭吉坐前面，她自己跑到後面跟安德魯坐，一路上緊抓他的手，好像就怕他又消失了。

李安娜說起安德魯失蹤的事，他昨晚喝下太多高粱酒，喝到不勝酒力，先趴在桌上睡了一會，醒來後說要去上廁所，把黑色帆布袋丟給她就走了，最後卻沒有回來，不知道人跑去哪裡。

等到宴席都結束了，安德魯依然不見人影，她和蕭吉急著四處尋找，但怎麼樣也找不著。

李安娜甚至以為安德魯是故意離開的，畢竟那一場火把大部分的錢都燒掉，她和蕭吉可以分的就變少了，安德魯肯定是因為過意不去，才會決定把錢留下，獨自踏上找叔叔的路。

李安娜和蕭吉從黑夜找到天亮，最後決定放棄，說好要一起回台北把錢交給警方，說出所有事情的經過。

離開之前，李安娜給了村長手機號碼，就是希望能有奇蹟出現，要是安德魯後悔了回頭找他們，三人才能又碰在一起。

「還好奇蹟真的出現了！」李安娜笑得好開心，「昨天晚上你到底跑去哪了？」

「他去睡墳墓啦！」村長直接插話。

「睡墳墓？」蕭吉笑到口水噴出來，「靠北啊！外國人都不會怕喔！」

「會……」安德魯笑得有點尷尬，「有一個白頭髮的阿姨，她在笑……」

「停！跳過這一段！我不要聽！」李安娜立刻阻止，「然後呢？你是怎麼遇到村長的？」

安德魯把從墳墓走到德森國小的事全說了，先是被太陽熱到暈過去，再被一群孩子抬進教室，最後在老師辦公室看到黃色小屋的照片。

「屏東的成功新村，」安德魯綻放出笑容，「叔叔的家在那裡！」

「耶！」李安娜和蕭吉同時開心大叫。

「耶！」村長也湊一腳。

「村長，你那麼開心幹嘛啦！」蕭吉笑著問。

「如果我把你們三個載去警察局，」村長樂得眉開眼笑，「就可以賺到一百五十萬耶！全部我一個人獨得耶！」

「……」三人同時噤聲。

「但是我才不會這麼做咧！因為我恨死萬福銀行了！十年前我兒子欠他們一些卡債，才幾十萬而已，結果還了好幾年都還不完。那個循環利息太可怕了，欠一百塊要付二十塊的利息！」村長氣得連按好幾下喇叭，「我兒子也不敢讓我知道，最後被銀行逼債逼瘋了，就一時想不開……幹！這種逼死人的銀行，活該提款機被盜領啦！」

「難怪你願意幫我們，原來你兒子……」李安娜欲言又止，最後決定不再讓村長想起傷心事。

車上頓時陷入沉默，沒有人開口說話。

「你們幹嘛都不講話啊？都已經過去了，沒事的！」村長呵呵笑了兩聲，「我其實很想直接送你們去屏東的，可惜我晚一點還有事，頂多只能送你們到嘉義。」

「這樣就很棒了，我們可以少走很多路！」李安娜充滿感激。

「剩下的就靠你們自己了，祝你們一路順風啊！」村長又說。

「謝謝！」三人異口同聲。

李安娜覺得這個祝福太重要了，此時此刻的他們，最需要的就是事事順利，才能早日平安抵達屏東，找到安德魯的叔叔。

回首這幾天，他們幾乎一路逆風，做什麼都不順利，好在老天爺保佑，雖然讓安德魯意外走失，但也因此找到黃色小屋的下落。

從現在開始，他們終於要一路順風了！

$ $ $

一百六十萬。

和村長說掰掰之後，三人漫步在嘉義鄉間小路上，蕭吉看著沿途的翠綠田地，滿腦子一直在想這個數字，愈想愈開心。

黃色小屋已經知道位置，安德魯和叔叔只差見到面而已，尋人的任務基本上已經結束了，接下來只要別亂花錢，黑色帆布袋裡的三百二十萬就是他和李安娜平分。

這輩子從沒有過這麼多錢啊！蕭吉覺得自己發財了，人生總算要谷底翻身，過去玩地下期貨很難賺到錢，就是因為他的本金太少，隨便一個風吹草動就被嚇得逃出場，光是那些小賠的金額累積起來就很可觀。

但是一百六十萬就不同了，就算行情一時不如預期，也可以凹單不停損，凹到證明自己是對的為止。

只要安德魯的錢順利拿到手，蕭吉就有把握可以揮別窮苦。他會回到台北把錢藏好，再主動前往警局報到，表示自己是被安德魯利用的，根本沒有涉入提款機盜領案，反正警察也提不出證據，一切他說了算。

或許會被請訴，說不定還得坐個小牢，但等到事情結束後，他就可以爽爽坐擁那一百六十萬，正式展開期貨大亨的致富旅程。

然後，他要把李安娜娶回家，儘管最近和她鬧了點彆扭，那些整型、賣檳榔和陪酒的過去讓他很不開心，兩人不是好朋友嗎，為什麼這種事要瞞著他不說？

但那其實也沒什麼，只要現在的李安娜是個正妹就好，管她是不是整型整來的。

就算她跟安德魯走很近，昨晚急著找他時還哭了，今天在重逢那一刻還衝上前給個熱情擁抱，但那真的沒有什麼，台灣人對外國人總是比較熱情，不是嗎？

一這麼想，蕭吉就逐漸放下心來，反正安德魯會留在屏東跟叔叔一起生活，他和李安娜會回到台北，最後的贏家還是他，沒什麼好怕的。

想通之後，蕭吉覺得可以結束冷戰了，他決定重新對李安娜示好，眼看太陽即將西下，相信她肚子一定餓了。

「前面有個小鎮，我知道那裡有一家超好吃的雞肉飯！」蕭吉指著前方出現的小鎮，「我去買回來，吃完再找晚上睡覺的地方吧。」

「我們在這裡等你。」李安娜指著路邊一棵榕樹，要蕭吉快去快回，「小心一點，別被人認出來。」

「放心，我這人最精明了！」蕭吉戴上口罩和帽子，自信滿滿。

他快步前往小鎮，直接走向專賣雞肉飯的店家，民間美食果然吸引錢潮，只見店裡店外都是人，不知要等多久才買得到。

蕭吉加入排隊人龍，盡量低調不引起注意，努力排啊等的，好不容易就要輪到他點餐，哪知前一個客人竟然點了兩百碗雞肉飯外帶。

「靠北啊！點這麼多要死喔！」蕭吉脫口而出。

「靠北三小？」那人回頭，是個有點年紀還長得白白胖胖的大嬸，用兇狠目光瞪著蕭吉，「學校辦活動，一次就來了兩百人，不點這麼多碗行嗎？」

「那我先點可不可以？我就只買三碗和一些小菜。」蕭吉說。

「沒辦法，我先來的喔！」大嬸笑得機車，還故意跟負責點餐的店員說，「你們一碗一碗慢慢裝，我不急喔！」

蕭吉整個火大，氣對方不肯讓就算了，講話還故意刺激他，忍不住就推了大嬸一把。

大嬸被推得重心不穩，直接往身旁的小菜區撞去，不但掀翻一盤盤裝好的魯白菜、筍干和皮蛋豆腐，還引起店裡亂哄哄的尖叫聲。

大嬸惱羞成怒，爬起來就往蕭吉身上亂抓，蕭吉也不客氣，伸手拉住她的頭髮，兩人拉扯來拉扯去，搏鬥範圍愈來愈大，不小心就撞倒好幾個客人。

「喂！你們在幹什麼啦！」

「我的雞肉飯都打翻了！」

「幹！要打不會出去打喔！」

客人你一言我一語的鬼吼鬼叫，讓現場氣氛更加火爆，一個大叔看不下去，連忙過來想拉開兩人，老闆也急著想當和事佬，用肉身擋在蕭吉和大嬸中間。

「別氣別氣，吃個飯而已沒什麼好爭的，先冷靜下來好不好？」老闆勸得客客氣氣。

「是他先撞我的！」大嬸披頭散髮大聲抗議，還不忘補踢蕭吉一腳，「你這個死胖子！」

「幹！死肥婆，是妳先挑釁的喔！」蕭吉也想踢回去，但是腿太短了根本踢不到，「妳過來！站那麼遠我怎麼踢！」

「誰叫你腿短！我又不是白癡！哈哈哈！」大嬸笑完，用力推開拉住她的大叔，又閃過擋在中間的老闆，直接上前打了蕭吉一巴掌，「不要臉！有種就把口罩和帽子拿下來啊，讓大家看看你是什麼嘴臉！」

「妳才不要臉！台灣大媽就是這麼賤！一次點個兩百碗會不會太過分了！」蕭吉反打對方一巴掌。

「你打我！連我媽都不敢打我，你憑什麼打我！」大嬸氣到快崩潰，又衝上來抓住蕭吉的臉，東拉西扯的一陣胡亂攻擊。

慌亂之間，蕭吉的帽子和口罩被扯掉，他氣呼呼地想繼續反擊，卻發現四周人群的眼神都變了，大家都在盯著他瞧。

蕭吉這才意識到自己的臉毫無遮掩，這些人肯定是認出他了。

「你是那個……那個……」老闆指著蕭吉的臉，「有上新聞的那個人對不對？」

「對！就是他！警察在找的通緝犯啦！」另一個客人說。

「他叫蕭吉！」一個客人大喊，還秀出有蕭吉照片的手機畫面，「抓到他就有五十萬可以賺耶！」

轉眼間，店裡的人都瘋了，他們認出蕭吉就是新聞上的頭條人物，全台灣都在找的提款機盜領案嫌疑犯。

「啊！你們認錯了，那個人不是我！真的不是我！」蕭吉大喊。

蕭吉嘴巴否認，身體倒是很誠實，他急急忙忙衝出店外，邊跑邊回頭，只見店裡店外那些原本在用餐的、排隊的、看戲的都跟著跑出來，就連老闆和員工也加入追捕他的行列。

蕭吉知道完蛋了，他是個胖子，本來就跑不快，後頭那些人為了懸賞獎金，個個腎上腺素噴發，卯起來猛追。

他忍不住抱怨老天爺，雞肉飯沒吃到就算了，現在還可能要先吃牢飯，於是愈想愈不甘心，雙腳也跟著快了起來。本來只求跑得愈遠愈好，但又想起李安娜和安德魯還傻傻的在榕樹下等他，晚一點肯定會被身後這群妖魔鬼怪發現。

沒辦法，現在只好先回去找他們，大家一起跑反而比較安全，總之先逃離這個地方再說。

跑啊跑的，蕭吉終於來到那棵大榕樹附近，遠遠地就對李安娜和安德魯大喊：「快跑！被發現了！」

蕭吉看到兩人嚇壞的表情，完全明白他們的心情，本以為他會帶回熱騰騰香噴噴的雞肉飯，哪知竟帶了一大票人，而且個個看起來就像喪屍一樣，等著把獵物扯爛咬碎。

蕭吉來到他們身邊，三人一起並肩逃命，邊跑邊回頭看，只見追趕的人群愈來愈多，不用數就知道超過一百人。

「這下我們死定了啦！」李安娜簡直要瘋了，「蕭吉，你不是去買雞肉飯嗎？怎麼會變成這樣！」

「都怪我太白癡，沒事跟人吵什麼架啦！」蕭吉流下無奈的汗水，已經發軟的雙腿根本不敢停下來，「快跑！死都不能停下來！」

「要跑去哪裡？」安德魯開始喘了。

「不要問我！」蕭吉死命大喊，「我不知道！」

三人拚命往前跑，後頭的人繼續向前追，雙方距離一下拉近，一下又慢慢拉開，但怎麼甩都甩不掉。

蕭吉有點不明白，他們又不是百米健將，怎麼可能跑這麼久了，到現在還沒被抓住？他邊跑邊回頭觀察，逐漸瞭解是什麼原因。

原來後頭這些人各懷鬼胎，誰都想獨吞獎金，巴不得自己抓到三個人，才不想跟大家一起分。於是有人才剛跑在最前面，立刻就被拉到後頭去，更賤的還會當作在踢世足賽，故意伸腳絆倒身邊的人。

蕭吉稍微覺得心安，但也知道這樣下去遲早會被抓到，所以不敢放慢腳步，深怕一個疏忽就等著被抓去警察局。

三人一路狂奔，見錢眼開的群眾緊追在後，他們沿途經過田地、道路和民宅，利用曲折複雜的小巷通道，東彎西拐繞來繞去，偶爾躲過追兵目光，但很快又會被發現。

隨著路過的房子愈來愈多，眾人的吵鬧聲也把待在屋裡的老百姓給吸引出來，在知道他們追趕的是什麼人之後，又紛紛加入獵捕行動。

蕭吉知道他們快躲不過了，隨著沿路經過的住家慢慢變少，三人開始失去房屋的遮蔽效果，只要那群人願意拋下獨吞獎金的私心，團結起來共同圍捕，就算蕭吉他們再會跑也沒個屁用。

前方，只剩下一座廟宇，再過去就是一望無際的稻田。

蕭吉知道一切都完了。

$　$　$

後面的人慢慢逼近，李安娜也漸漸覺得體力不支。

她感到萬念俱灰，過去這些日子躲得那麼辛苦，好不容易找到安德森叔叔的家，如今卻要被身後這群貪婪的台灣人毀掉一切。

「蕭吉，前面只剩稻田，沒路了！」李安娜說得沮喪，「我們躲不掉了啦！」

「我真的找不到叔叔嗎？」安德魯好洩氣。

「不要放棄！」蕭吉指著前方的廟宇，「先衝到那間廟的後面，讓他們以為我們要躲進稻田裡，再看有沒有後門，如果有就躲進去！」

李安娜佩服地看著蕭吉，在這個節骨眼上竟然還能保持冷靜，說不定照他說的去做，還真的能躲過這一次。

三人加快步伐，衝過了廟宇之後，假裝鑽進稻田裡，其實是躲起來看看那間廟有沒有後門。好在他們運氣不錯，還真的有個小門，於是趕緊返回跑進廟裡。

這廟有三層樓高，一樓主神殿向來人多，三人低著頭偷偷摸摸往樓梯走去，希望樓上有隱密的地方可以躲。只是才剛踏上樓梯，就發現二樓有幾名持香的信徒準備下樓，逼得他們只能放棄。

正當留在原地不知所措時，外頭開始出現人潮的聲音。

「他們躲進稻田裡了啦！」有人這樣喊。

「不對，一定是躲進廟裡了！」也有人這樣說。

三人互望，知道那些人有可能進來廟裡檢查，但樓上有人不能躲，現在又不能往外跑，幸虧還有個往下的樓梯。

「要不要往下走？」李安娜問蕭吉。

蕭吉點了頭就直接往樓下走去，要兩人趕緊跟上。

樓下，就只有一尊神，也就是負責牽紅線的月老，其餘什麼都沒有，空空如也。

李安娜知道一切都結束了，這層樓的空間也太過空曠，頂多只能躲在柱子後，但怎麼可能不被發現。

就在萬念俱灰之時，她看到安德魯走向擺放月老神像的桌子，拉開鋪在神像下方垂到地上的紅色布幔，只見桌下剛好有可以躲人的空間。

「我們躲進去！」安德魯指著桌下，又拉拉那塊紅布，「有這個，我們不會被看見。」

「靠北！你當那些人是白癡嗎？只要掀起來就找到我們啦！」蕭吉直接反對，「而且這樣對神明不敬，會被懲罰耶！」

「可是不躲進去，一定會被抓啊！」李安娜慌了，卻也不敢打躲在神桌下的主意，「怎麼辦，我們已經沒地方躲了。」

安德魯沒說話，只是直接彎腰鑽進神桌底下，接著朝李安娜招手，要她也進去。

李安娜愣了一下，這才意識到安德魯不是台灣人，沒有什麼對神明敬不敬的觀念，或許他還覺得明明有地方可以躲，為什麼不躲呢？

「啊！不管了！被月老懲罰也沒辦法了，大不了一輩子單身，先撐過這一關再說！」李安娜不再囉唆，也跟著鑽進神桌下，「蕭吉，快進來！」

「幹！哪有人這樣的啦！」蕭吉還在猶豫。

樓梯開始出現細碎的腳步聲，有人往地下室來了。

「快！」李安娜壓低音量，死命朝蕭吉揮手。

「月老，對不起了！」蕭吉雙手合十朝月老拜了幾下，終於也鑽到桌下。

隔著紅色布幔，李安娜稍微覺得安心，只要那些群眾不要掀開布幔，自然就不會發現他們，等到時間久了大家紛紛放棄，他們就能平安脫困。

但很快她就知道這是不可能的，紅色布幔外頭開始匯集人潮，還有大量慌亂匆忙的腳步聲。

好多人也下來這一層了，他們四處走動來回找人，甚至還有人站在月老桌前，好像在研究什麼。

「會不會躲在神桌底下？」有個人這樣說，好像在自言自語。

李安娜心跳加速，雖然安德魯和蕭吉都不動聲色，但她彷彿能聽到兩人急速加快的心跳聲。

突然，有隻手伸到紅色布幔下方，眼看就要拉起。

啊！李安娜嚇到差點尖叫出來，還好安德魯及時用手摀住她的嘴。

她轉頭看著安德魯，注意到他臉上冒汗，顯然也很緊張。

接著，李安娜發現自己的手被安德魯緊緊握住，彷彿在給她力量，用這個舉動告訴她：「不要怕，有我在。」

李安娜心裡有些暖暖的，也沒那麼害怕了，她看著紅色布幔慢慢被拉起，已經可以看到有幾雙腳站在前面。

布幔愈拉愈高，這場遊戲結束的時間也即將來到。

突然，李安娜聽到有人被打的聲音，接著布幔被放下了。

「笨兒子！你都已經交不到女朋友了，還敢這樣掀月老的裙子喔！」一個上了年紀的女人這樣用台語責罵。

「搞不好他們躲在裡面啊！」那個被打的兒子說，「而且這個不是裙子，只是紅布而已！」

「吼！你真的是要氣死我耶！」女人開始用力打兒子，「要我等多久才能抱到孫子啊！是要等到死喔！」

李安娜聽了超想笑的，但又開始擔心起來，外頭這個媽媽雖然阻止兒子拉開布幔，其他人可沒這個顧忌，他們三人還是很危險。

好在危機很快就解除，樓上有人大喊在田裡發現可疑身影，接著就是一陣急迫離去的腳步聲，讓原本吵雜的廟裡突然安靜下來，彷彿一個人都沒有。

保險起見，三人決定繼續躲在神桌底下，等到那些人都放棄了再說。

這一躲，足足躲了一個多小時，外頭幾乎沒有人聲，三人才敢從神桌下爬出來，慢慢走出廟裡。

蕭吉一個人跑到廟後面確認情況，很快就回來說大部分的人都走了，只剩下十幾個沒放棄，還在廣闊的田裡低頭尋找。

「那我們快走吧！」李安娜一點都不想久留。

「你們看！」蕭吉跑到廟前廣場停放的幾台機車旁，抽起一把鑰匙，「有人車鑰匙忘了拔耶！而且有兩台，我們把車幹走吧！」

「這樣不好吧！」李安娜反對，「那是別人的車！」

「對，不可以偷別人的東西。」安德魯也說不行。

「靠北！你們兩個在笨什麼啦！騎機車才快啊，不然我們慢慢走，很容易被發現的！」蕭吉拿起機車上掛著的安全帽，直接套在頭上，「再說那些人還不是為了一百五十萬才找我們的，機車被偷也是活該啦！」

李安娜覺得有理，再說他們確實需要交通工具，不然從嘉義走到屏東不知道還要花幾天，時間拖愈久，三人被發現的風險也愈高。

「好！就偷吧！」李安娜走向另一台沒拔鑰匙的機車，接著問安德魯，「你會騎車嗎？」

「會！」安德魯點頭，走到機車旁坐了上去，也戴起安全帽。

「你載我吧！」李安娜也幫自己找了安全帽，再跨坐在安德魯後面，雙手扶著他的腰，「走吧！朝屏東出發！」

三人就這麼騎了兩台機車往南方出發，有安全帽和口罩遮住臉孔，他們就不怕被人認出來，不但可以沿路加油，還能在路邊攤買了晚餐帶走，再找個沒人的隱密處好好吃一頓，吃飽了再繼續前進。

他們一路狂飆，很快就離開嘉義來到台南，途中一度騎在靠海的公路上，李安娜注意到騎車的安德魯不時轉頭看著大海，偶爾還激動大叫。

「你喜歡大海？」李安娜在他耳後問著。

「我家離大海好遠！這是我第一次靠這麼近！」安德魯說得開心。

「那我們晚上找個靠海的地方休息吧，讓你看多一點。」李安娜笑著拍拍他的頭。

「真的嗎？」安德魯繼續大吼大叫，「耶！我好開心！好快樂！好幸福！」

騎到晚上十點，三人也累了，在離海邊不遠的小路上找到一間廢棄工寮，四周都沒有住家民宅，離大馬路也有段距離，看起來還算安全。他們決定在這裡睡一晚，明天早上再騎往屏東的成功新村。

才剛把機車停在工寮外的空地，李安娜就建議到海邊走走，吹吹海風放鬆心情。

「不要，我今天太緊繃了，現在超累的，」蕭吉搖頭拒絕，還打著哈欠，「我要直接睡了。」

「那我跟安德魯一起去喔！」李安娜推著安德魯要走。

安德魯走了幾步後，突然又回頭，把手上的黑色帆布袋交給蕭吉。

「這個……給你保管。」安德魯說。

「哇靠！你不怕我把錢幹走喔？」蕭吉超驚訝的。

「你不會，」安德魯笑了笑，表情很有把握，「我相信你。」

安德魯這個舉動，讓李安娜心裡除了訝異，還有更多的感動。打從在台北和安德魯碰面以來，他向來都是自己顧著那筆錢，從沒主動交給她和蕭吉保管。

現在這個舉動，證明他已經完全信任蕭吉了。

離開廢棄工寮，李安娜和安德魯往海邊走去，月光下的一切顯得安靜，耳邊只有海浪拍打海岸的聲音，聽起來讓人覺得舒服自在。

兩人並肩坐在海堤上，望著一望無際的大海，臉上被迎面而來的海風吹撫，讓李安娜覺得有些冷。

她打了個冷顫，一旁的安德魯發現了，就把身體往前靠，想幫她稍微擋點風。

「不用啦！」李安娜笑了，卻在心裡感謝他的體貼。

「要不要回去了？」安德魯問。

「不要，我想多坐一會。」李安娜搖搖頭，不希望快樂的時間就這樣結束。

她知道回去了也只是睡覺而已，可是天亮之後，他們就會去屏東，讓安德魯和他叔叔重逢。

那一刻，也代表他和安德魯說再見的時候到了，尋人任務就此結束，兩人再也沒有碰在一塊的理由。

她突然覺得心裡酸酸的，這才意識到自己捨不得跟安德魯說再見，不想就這樣回到自己的世界，過著只能把他放在心裡的日子，然後等時間過去，慢慢淡忘。

原來，自己已經喜歡上安德魯了，李安娜這才明白這件事。

她轉頭看著安德魯的側臉，很想跟他說點什麼，卻半句話也說不出口。

該恭喜他嗎？分開超過十年的叔叔，明天就能見到了。

還是該先說聲再見，兩人的緣分即將結束，她怕等到真正告別的那一刻再說，自己會忍不住想哭。

安德魯轉過頭看著她，似乎好像也有話想說，但遲遲沒開口。

「該回去了。」最後，安德魯只說這一句。

「嗯。」李安娜點點頭，慢慢起身。

就在安德魯也站起來的那一刻，李安娜覺得自己忍不住了，在這個只有他們兩人的最後一夜，她不想讓自己後悔。

她湊上前，踮起腳，輕輕吻了安德魯的唇。

安德魯沒拒絕，也沒有推開她，就只是安安靜靜讓她吻著，然後雙手緩緩抱住李安娜的腰，認真回應她的吻。

吻完之後，兩人很有默契地沒再說話，只是牽著彼此的手，慢慢往廢棄工寮走去。

來到工寮前，李安娜主動放開安德魯的手，她不想被蕭吉看到。

但停在工寮前的機車讓她覺得不太對勁，怎麼會只剩一台？他們明明是騎兩台車來的。

她快步走進工寮，想問蕭吉另一台車到哪去了，但是蕭吉不在裡頭，就連那個裝錢的黑色帆布袋也消失無蹤。

蕭吉把錢幹走了。

油門催到底了。

蕭吉雙手握著機車龍頭，以最快的速度朝台南市區狂奔而去，沿路不知道搶了多少黃燈，超過無數台擋在前方的汽車。現在的他不怕意外出車禍，只怕自己錯過好機會。

在他雙腿之間的機車腳墊上，放著裝有三百二十萬現金的黑色帆布袋，那是人生致富的關鍵，也是大幹一票的本錢。

「我要發了！我要當有錢人了！」蕭吉朝一旁的路人狂吼。

剛剛李安娜和安德魯去海邊散心，只剩蕭吉一個人在廢棄工寮裡，眼睛直盯擺在身邊的那袋錢，愈看愈無法壓抑心裡的衝動。這是他改變人生的好時機，錯過可能就沒了。

三百二十萬，足夠他靠地下期貨豪賭一場，搏個人生逆轉勝。

不再多想，蕭吉拿了錢就走，騎車來到台南市區的孔子廟附近，在一棟十二層樓高的商業大樓前停下。他抬頭往上望，多數樓層都是暗的，七樓卻是透著光亮。

太好了，他果然沒記錯，這家以前來過的地下期貨商還在營業，於是拿起黑色帆布袋走進大樓，搭了電梯抵達七樓。

踏入裝潢低調的辦公室，戴著口罩的蕭吉急著尋找熟悉的老面孔，很快他就發現目標，直接來到那人的桌前。

「我要玩美股期貨！」蕭吉偷偷拉下口罩，「小羅，好久不見啊！」

「啊！是你！」戴副眼鏡、長相斯文的小羅嚇到嘴巴闔不起來，「蕭、蕭……蕭告！」

「幹！只有當兵的老朋友才這樣叫我！」蕭吉把黑色帆布袋放在桌上，「裡頭的錢，夠我玩一個晚上了吧！」

小羅連忙看看左右，確定辦公室裡沒人注意他，趕緊將蕭吉帶去一間操盤包廂，進去後直接鎖上門。

「靠北！你怎麼敢來這裡？」小羅握拳打了蕭吉的胸膛，「全台灣都在找你耶！」

「我知道，現在我能信任的也只有你了，」蕭吉打開黑色帆布袋，「裡面有三百二十萬，幫我開個臨時戶頭，我現在就要玩美股期貨。」

「這是從萬福銀行那裡幹來的？」小羅問得謹慎。

「本來有八百多萬，現在只剩這些了，」蕭吉嚴肅盯著小羅，「你不會出賣我吧，偷偷打電話叫警察來，然後賺五十萬懸賞獎金？」

「幹！我們什麼交情！」小羅搭上蕭吉肩膀，「出賣朋友才賺五十萬，我是這種人嗎？我現在跟著豹哥賺錢，每個月收入都是百萬起跳的！」

「真的假的？」蕭吉睜大了眼，很是羨慕，「地下期貨這麼好賺？」

「還行，但豹哥還有其他業務啊！」小羅笑得眉開眼笑，「光洗錢的單子就接不完了！我跟著他做，當然賺不少，之前就有外國人要找他洗錢，一出手就是好幾千萬，可惜這兩天突然取消了。」

「為什麼取消？」蕭吉隨口亂問。

「我哪知道，豹哥不會講太多的，我也不敢問。」小羅無奈攤手，「只是一取消，就等於我的百萬抽成飛掉了。」

蕭吉聽到下巴快掉下來了，跟著豹哥洗一次錢，小羅就可以賺個上百萬，早知道錢可以這麼好賺，他幹嘛要在幼稚園教小朋友，讓自己過得苦哈哈？還不如跟著小羅一起賺這種非法錢，人生還比較痛快，說不定還有正妹排隊想主動送上門，讓他夜夜春宵不成眠。

「有錢真好，大魚大肉一定吃不完吧！」蕭吉摸摸小羅的肚子，又指著那袋錢，「拜託分點財運給我，今晚就靠你了！」

小羅笑著拿錢出去點鈔，確認數字後就幫蕭吉開了臨時的操作戶頭，方便他在上漲下跌中盡情廝殺。

蕭吉坐在電腦前，認真看著美股指數的技術線型圖，先是喝了口水，再摩拳擦掌找尋機會下單。他看了牆上的時鐘，時間是晚上十一點半，離美股收盤還有四個多小時。

只要今晚讓他逮到大行情，就可以狠狠撈一筆。

蕭吉分析盤勢，剛剛美股已經漲了一波，他知道接下來要順勢而為才容易賺錢，於是等到一個小回檔，趕快進場買多單，接下來只要再漲，他就能開始獲利。

沒想到指數在他買了之後就往下跌，帳面開始出現虧損，這讓他有些緊張，馬上退出場外，小賠一筆。

「幹！我一買就下跌，我一停損就往上漲！」蕭吉看著指數又開始向上，超級不爽，「快！再繼續漲！」

蕭吉又買進多單，這次就讓他嚐到賺錢滋味，帳上數字逐漸增加，很快就把剛剛虧損的補回來，還開始小賺。

「漲！漲！漲！快給老子漲翻天！」蕭吉樂了，對著電腦螢幕吼叫。

可惜天不從人願，美股指數突然轉折向下，速度快到讓蕭吉措手不及，他眼睜睜看著剛剛的獲利迅速消失，轉而開始賠錢，而且還愈賠愈多。

噗通—噗通—噗通—噗通—

蕭吉的心臟愈跳愈快，呼吸開始急促，這突然的變化讓他慌了，不知道該怎麼辦。

這是他第一次操作這麼大筆的資金，以前雖然也賠習慣了，但因為本金少，所以能下的單子規模也小，輸個一、兩萬雖然會心疼，但不至於讓他壓力大到喘不過氣。

但現在賠的是十萬、二十萬、三十萬，而且速度快到不可思議，他只能坐在螢幕前，腦中一片空白。

不行！再這樣賠下去肯定會完蛋！他馬上回過神，知道今天來是為了大賺一筆，不是把安德魯辛辛苦苦偷來的錢給賠光！

蕭吉硬著頭皮按下滑鼠，讓自己停損出場，不再任由虧損擴大，心跳果然立刻恢復正常。他看了目前的帳戶數字，忍不住哀嚎一聲，原本的三百二十萬被他賠到只剩兩百萬。

他要自己冷靜下來，重新判斷盤勢，剛剛雖然來個急速狂殺，但指數在他出場後也就不再往下跌，反而在原地遊走，似乎不會再往下了。

「好，我就等，等你再破前低我就放空！」蕭吉對著螢幕自言自語。

但指數沒有再往下殺，反而開始往上急攻，而且漲得速度很快，眼看就要創下今天的新高點。

「幹！幹！幹！幹！幹！」蕭吉快氣瘋了，「他媽的你整我啊！我最早就是下多單啊！沒事幹嘛亂跌，害我剛剛連續兩筆多單都賠錢！老子跟你拚了！」

蕭吉緊盯指數，決定只要一突破今天高點，就再進場做多單。

果然指數愈漲愈高，很快就創下新高點，蕭吉二話不說，立刻點了滑鼠下單。

「耶！耶！耶！老子開始賺錢了！」蕭吉樂得手足舞蹈，看著指數繼續往上漲，他相信這次一定可以賺錢。

就繼續漲吧！不要客氣！今天就是老子靠美國翻身的日子，新一代巨富就要誕生了！蕭吉拍拍自己胸口，愈拍愈開心。

但興奮的情緒很快就被澆熄，他看到指數又開始往下掉，雖然速度不快，還是讓他不太開心。

「不要跌！他媽的死美國人，你們快點給我買股票，把錢都丟進股市裡！」蕭吉對著天花板大喊，彷彿這樣就能讓遠在地球另一端的美國人聽到。

可惜他的聲音太小，根本傳不到美國，指數從這一刻開始，就以跌多漲少的慣性往下走。

不用看帳上數字，蕭吉也知道他的錢愈來愈少了，剛剛是在戶頭剩二百萬的時候下單，現在不知道還剩下多少？

一百五十萬？一百萬？還是只剩五十萬？

財富之路離他愈來愈遠，讓蕭吉只能癱坐在椅子上，無法動彈。他不只冷汗流個不停，呼吸也漸漸喘不過氣，更糟的是胸口開始發悶，甚至有些疼痛起來。

壓力大到讓蕭吉難以忍受，他只好用力拍打胸口，希望能舒服一點。

但是美股的表現擊垮他了，指數像是發瘋似的跳水急殺，代表美國人正在不惜代價賣出股票，而且愈賣愈凶。

一切都完了，蕭吉被逼得只能按下「賣出」，讓自己退出市場，不敢奢望指數能夠止跌回深。

這一刻，蕭吉知道自己失去所有的錢，原本可以穩穩拿到的一百六十萬沒了，還把李安娜的那一份給賠掉。

說不定現在的他其實還背了債，剛剛美股殺得太快，他搞不好停損太慢，反而倒賠一筆錢。

蕭吉頭痛了，擔心今晚走不出這家地下期貨商，小羅雖然是他一起當兵的麻吉，但上頭的老闆豹哥不可能放過他。豹哥是個黑道老大，向來心狠手辣，以前蕭吉就聽小羅說過，豹哥喜歡把欠債者綁到山上，挖一個洞直接埋起來。

活活悶死，就是這麼簡單。

蕭吉想知道自己欠下多少錢，如果數字不大，或許還能跟豹哥商量，讓他留著以後慢慢還。

不看還好，一看蕭吉當場傻住，帳面上並沒有顯示他賠錢，而是賺了一千四百萬。

蕭吉不敢相信，連忙搓了幾下眼睛想看仔細，盯了好一會，這才明白是怎麼一回事。原來他剛剛忙中有錯，以為自己下的是「買進」，沒想到誤按成「賣出」，反而變成一筆放空指數的單子。

剛好美股下跌殺個不停，他以為自己賠很大，就趕緊按下「賣出」，於是造成空單在獲利狀況下再來一筆加碼，於是愈賺愈快，獲利也跟著瘋狂成長。

他在自己的烏龍操作下，意外賺了一大筆錢，連同原本剩下的兩百萬資金，加起來是一千六百萬。

蕭吉不願把這筆老天爺送給的錢還回去，於是趕緊出場獲利了結，接著把小羅叫進來，說不玩了他要領錢。

「靠北啊蕭告，你也賺太多了吧！」小羅一臉不可思議，但也很為難，「可是我現在沒有錢可以給你。」

「為什麼？」蕭吉聽了不爽，直接抓起小羅的衣領，「是怎樣？我賺錢就不認帳？你想坑我啊！」

「沒有啦！是豹哥每天凌晨兩點就會來把現金收走，所以我現在真的沒有錢給你，」小羅連忙安撫，呵呵笑著，「但是我會給你一張提款單，明天早上你過來拿錢，行不行？」

「好，等錢拿到手，我就分你一百萬吃紅！」蕭吉說得大方，「剛好補了你少賺的那筆錢！」

收下小羅給的一千六百萬元提款單，蕭吉趕緊走出大樓，騎上機車，飛也似的就溜了。

他要趕回那個廢棄工寮，想盡快告訴李安娜和安德魯這個好消息。

他騎得超快，深夜的路上幾乎沒有人車，他闖過一個又一個紅燈，完全不管交通規則。

很快的，他回到廢棄工寮，一進去就看到李安娜驚訝的表情。

「蕭吉！你跑去哪了！我還以為你把錢幹走了！」李安娜氣得大罵。

「拜託！我們不是說好了，誰都不能丟下誰！」蕭吉笑得開心。

「那個袋子……」安德魯指著蕭吉手中呈現乾扁狀的黑色帆布袋，神色緊張，「裡面的錢呢？」

「哈哈哈哈哈！」蕭吉大笑，從口袋裡拿出提款單，「你們看！我剛剛去玩地下期貨，把三百二十萬變成了一千六百萬！我們現在不用怕了，明天我先拿這張去領錢，等找到安德森叔叔之後，就把從萬福銀行盜領的八百六十萬還回去，這樣我們應該不用被關了吧！」

李安娜和安德魯都不敢相信，眼睛直盯蕭吉手中那張提款單。

「我答應給朋友一百萬分紅，所以最後會剩下六百多萬，到時我們三個人分，」蕭吉緊握提款單，愈講愈激動，「幹！一個人至少可以拿……」

至少可以拿兩百萬，蕭吉想這樣說，但是他說不出口，最後幾個字憋在他的嘴裡，怎麼樣也吐不出去。

他發現自己的身體不太對勁，肺部的一口氣好像提不上來，甚至吸不太到空氣了。

他發覺雙腿有點發軟，握著提款單的手也漸漸失去力氣，就連眼皮也開始不受控制，正在慢慢往下垂。

最後，他身體喪失所有知覺，完全不受控制的往旁邊倒下，在頭撞到地面的那一瞬間，他發現自己什麼都看不到了。

世界陷入黑暗。

$　$　$

安德魯呆住了。

他不知道蕭吉為什麼講話講到一半，突然就暈了過去，不管怎麼叫他都沒反應，整個人癱在地上，動也不動。

「蕭吉！你在幹嘛啦！」李安娜有些不高興，用腳輕踢他的身體，「不要開這種玩笑好不好？你消失一整個晚上，我已經很不高興了，你現在還玩喔！」

安德魯也以為蕭吉是在鬧著玩，故意假裝暈倒想嚇嚇他們，但很快就發現不對勁，蕭吉看起來像是沒了呼吸，於是趕緊蹲下來摸他脖子的脈搏，又趴在胸口聽心臟的聲音。

蕭吉的心臟停止跳動了。

是心肌梗塞嗎？安德魯不敢確定，但他知道現在是黃金救援的關鍵時刻，趕緊將雙手交疊在蕭吉的心臟位置，用力按壓下去，開始施行心肺復甦術。

「蕭吉怎麼了？」李安娜嚇壞了，臉色瞬間慘白，「他不是在開玩笑？」

「不是！他快死了！」安德魯先吐兩口氣在蕭吉嘴裡，再繼續按壓心臟，「快！打電話！救護車！」

「怎麼會這樣，剛剛不是還好好的嗎？」李安娜急著拿出手機，撥打一一九，「喂！你們趕快來啊！我朋友快死了！他好像沒有呼吸也沒心跳了！……什麼？地址在哪裡？我……我不知道！」

李安娜急急忙忙跑到廢棄工寮外，沒多久又衝了回來。

「我只知道這裡是沒人住的工寮，但沒有門牌號碼！」李安娜急得都快哭了，繼續講電話，「啊！我去外面的馬路看一下路名！你電話不要掛喔！」

安德魯繼續急救動作，同時看李安娜慌慌張張跑了出去，他只能在心裡祈禱，希望救護車趕快來，還有蕭吉能立刻恢復心跳和呼吸。

但時間一分一秒過去，他都已經筋疲力竭、全身是汗了，蕭吉還是什麼反應也沒有，毫無生命跡象。

李安娜跑回他身邊，說對方已經派救護車趕來，在醫護人員接手之前，他們一定要撐到最後。

安德魯也不想放棄，告訴自己一定會有奇蹟出現，很快蕭吉就會睜開眼睛，張大了嘴笑著說：「哈哈哈！你們都被我騙了！怎麼樣，我很會演死人吧！」

可惜天不從人願，安德魯感受到蕭吉真的離開了，他雙手下的身體正在慢慢降溫，皮膚顏色也逐漸變深，看起來就像一尊死氣沉沉的蠟像，代表生命已經消逝。

過了許久，救護車才找到廢棄工寮，兩名救護人員一下車就用最快速度檢查蕭吉的生命跡象，希望一切都還來得及。但他們很快就放棄了，只是將蕭吉抬上救護車，準備送往醫院太平間。

「拜託你們不要放棄！我要他活起來！」李安娜不停向救護人員拜託，「能不能打個什麼針，不要讓他就這樣走了！拜託你們！」

但救護人員什麼也沒做，只能低頭說抱歉。

安德魯沒說什麼，只是看著那台救護車，心想蕭吉就要離開他們了，被兩個陌生人載到不知名的醫院，然後開始他不熟悉的台灣殯葬流程。

突然間，心裡有個聲音告訴他，不能就這樣讓蕭吉離開，必須把這個從台北一起來到這裡的好朋友帶走。

救護人員關上救護車後門，來到安德魯和李安娜的面前，問他們是不是要騎車跟著去醫院，只見李安娜用力點頭，說一定會緊跟在後面。

開車的救護人員打開前座車門，正要跨上去時，安德魯突然一個箭步衝上前，把那人拉了下來，還出拳打他的頭，讓他痛得倒在地上哀嚎。

另一名救護人員連忙出聲制止，但安德魯不給他機會，同樣也出手打了幾拳，並在兩人來不及反擊前，趕緊鑽上救護車前座，還叫李安娜一起上車。

「安德魯，你在幹什麼？」李安娜愣在原地，不知所措。

「快！我要開車！」安德魯回頭看了救護人員一眼，知道他們想要阻止，於是又朝李安娜大喊：「上車！」

李安娜一上車，安德魯就發動引擎、踩下油門，以最快的速度把救護車開走。

「我知道開車去找你叔叔比較快，可是蕭吉死了，我們應該要送他去醫院，不是把他帶走。」路上，李安娜忍不住責怪安德魯，「你不可以搶救護車的，難道你叔叔就那麼重要，讓你連蕭吉的死都不在乎嗎？」

安德魯沒有反駁，只是默默流下眼淚，過了許久，他才終於說話。

「蕭吉說過，不管發生什麼事，都不可以丟下他。」安德魯轉頭看李安娜，伴著眼淚，「我說好，就算他死了也不丟。」

李安娜聽了，就此沉默下來，跟著一起流下無聲的淚水。

救護車繼續往前行駛，奔馳在深夜無人的濱海公路，車窗將外面的海風阻隔開來，讓車內顯得安靜。

許久之後，李安娜才說想要離開座位，到後頭坐一會。

「我想陪蕭吉，」李安娜面露哀傷，「我不想讓他一個人在後面。」

安德魯點了頭，他也想看看蕭吉，好讓自己接受這個好朋友已經離開的事實。

他找了一個隱密的路邊，把車停下來，和李安娜一起到蕭吉的身邊坐下。

蕭吉平躺在被固定好的擔架上，四肢僵硬，一動也不動，讓安德魯不得不相信他已經成為一具遺體，永遠不可能再睜開眼，笑著說任何一句話。

「幹！」

安德魯突然想起蕭吉常說的這個字，他知道這是不好聽的髒話，但此時真的好希望能再聽到一聲，他好懷念蕭吉說這個字的表情，好有生命活力，充滿各種情緒。

李安娜拉起蕭吉的手，發現他手裡緊緊握著一張紙，那是不久前蕭吉說可以拿去換一千六百萬的提款單。

「蕭吉，你真的好傻，怎麼會相信地下期貨的人？」李安娜攤開那張提款單，「這上面的名字寫錯了，蕭吉寫成了蕭告，你被騙了你知不知道？」

安德魯突然好難過，心想如果蕭吉沒偷偷把錢帶走，沒把那三百二十萬變成一千六百萬，此時的他應該是在廢棄工寮裡睡覺吧。

李安娜拿出手機，播放一首帶有清脆鈴聲的音樂，還伴著人聲。她說這是往生咒，能讓死者離苦得樂，順利前往西方世界。

「我聽說人死了之後，八個小時內都還聽得到聲音，」李安娜忍住悲傷，努力讓自己平靜，「所以我想讓蕭吉聽這個，而且有些話我再不說，他就永遠不會知道了。」

「妳想跟他說什麼？」安德魯問得溫柔。

「蕭吉！你這個大笨蛋！」李安娜突然罵了出來，「你為什麼不好好照顧身體！為什麼要讓自己吃這麼胖！為什麼說走就走，我有說你可以這樣離開嗎？」

「蕭吉，你知不知道我喜歡過你？好久以前的事了，那時候我們才國一，你長得好可愛，說話超幽默，我那時候好喜歡聽你講笑話。」

「我還曾經跟你告白，說我好喜歡你，能不能當你的女朋友？可是你竟然當著全班的面拒絕我，還嫌我胖，長得又醜，說你永遠不會喜歡我。」

李安娜說那時候她好難過，沒想到平常善良可愛的蕭吉會當眾拒絕，還把話說得那麼難聽。她可是好不容易才鼓起勇氣告白，卻讓自己成為班上的笑話，簡直丟臉死了。

告白失敗後，她還擔心以後該怎麼面對蕭吉，沒想到他隔天就沒來學校了，老師說蕭吉家裡有點狀況，必須轉學到外縣市去。

兩人從此失去聯絡，再也沒有交集。

直到去年，李安娜意外在臉書上找到蕭吉，雖然人變得好胖好胖，但她依然認得那是自己曾經告白失敗的對象。

「我故意加你臉書，還騙你說我是隔壁班的，沒想到你就相信了。」李安娜呵呵苦笑兩聲，「蕭吉，你真的忘了我當年長什麼樣子，明明以前說我很醜很胖，怎麼長大了看到我臉書照片，就每天照三餐敲我私訊，一直找話題要跟我聊天。」

「我是故意讓你約出來的，也知道你看到整型後的我，一定會心動，甚至巴不得能追到我……我都知道，而且我也是故意要讓你追的喔！」

「我早就想好了，要讓你追得很辛苦，最後才假裝自己被感動了，只好接受你。」

「等到真的在一起，我就會狠狠把你甩掉，這樣我就報了當年的仇，誰叫你那時候要拒絕我！」

安德魯什麼話也沒說，默默聽李安娜吐露這些藏在心裡的祕密。

「可是……我只是想讓你嚐嚐失戀的痛苦，沒有要你死啊！」李安娜忍不住激動，語帶哽咽，「如果我早知道會這樣，當初就不加你臉書了！我不該故意跟你好，不該讓你來追我，這樣你就不用走這一趟，也不會突然死在路上了……」

對不起！對不起！對不起！

李安娜一直說對不起，像要把所有的歉意都讓蕭吉聽到，說到最後，她把頭埋在蕭吉的胸口上，讓止不住的眼淚慢慢浸濕他衣服。

安德魯默默擦掉臉上的淚水，也在心裡跟蕭吉說對不起。他想起在三峽大豹溪玩水的那一天，蕭吉曾經說過「抓交替」的故事，也想起那兩個外國人拿刀要殺他的時候，是蕭吉出手救了他。

原來，早該死掉的人是我，安德魯這才恍然大悟。

沒想到最後代替他死的人……是蕭吉。

「蕭吉，對不起！」

$ $ $

喔伊—喔伊—喔伊—喔伊—

救護車的鳴笛聲響個不停，安德魯與李安娜駕車奔馳在台南往屏東的道路上。跟蕭吉說再見之後，李安娜和安德魯都累壞了，他們先好好睡上一覺，等到睡飽了，才開車往屏東的成功新村出發。

李安娜故意把救護車的鳴笛聲打開，讓路上來往的車輛自動讓開車道，好減少被人關注的機率。她知道搶走救護車之後，醫院一定會通報警方，他們在路上停留的時間愈久，就愈容易被發現。

好在老天爺保佑，一路上都沒遇到警車來追捕，讓李安娜覺得超幸運。

救護車順利抵達屏東成功新村，在終於看到黃色小屋的那瞬間，李安娜不由得百感交集。這間外觀漆上黃色油漆的眷村平房，看起來毫不起眼，卻是他們歷經千辛萬苦才找到的，而安德魯念念不忘的安德森叔叔，就住在這裡頭。

只是沒人想得到，為了找到安德森叔叔，他們竟然要付出那麼大的代價。

安德魯因為參與萬福銀行提款機盜領案，被台灣警方追緝，她也連帶受到牽連，蕭吉更因此失去寶貴性命，遺體甚至還在救護車上，暫時無法送進殯儀館辦理後事。

這一趟環島尋人之旅，也即將劃上句點，李安娜心裡很清楚，她跟安德魯說再見的時候也到了。

她打算等叔姪倆團圓之後，就一個人把救護車開到很遠的地方，隨便找間警局投案，除了讓蕭吉的遺體可以盡快得到妥善照料，也是為了不讓警方輕易找到安德魯的下落。

她打死不會透露安德魯就藏在屏東的成功新村，這是不能說的祕密，必須永遠埋在心裡。

「下車吧。」李安娜指著黃色小屋，「去找你叔叔。」

可是安德魯沒下車，反而把車開走，開了好一段距離後，才把車停在路邊。

「我們走過去。」安德魯關掉引擎，「停在叔叔家外面，我怕有問題。」

「對喔！我都沒想到，要是被警察發現，馬上就能找到你了！」李安娜比出一個讚，「還是你比較細心。」

話才說完，李安娜不由得感到悲傷，心想如果蕭吉還活著，肯定會是第一個提出這種建議的人。

下車之前，李安娜特意鑽到救護車後頭，又握起蕭吉的手。

「你再等一等吧，等見到安德森叔叔……」李安娜眼眶又濕了，「我就會帶你回台北。」

離開救護車，兩人並肩走向黃色小屋，路程不算長，但李安娜好希望這條路可以永遠走不完。

以後，兩人就沒機會這樣一起走了。

安德魯會躲在屏東低調過日子，而她會在台灣某個監獄待上好幾年。她知道自己躲不掉的，就算警方願意相信她跟俄羅斯盜領集團沒有關係，但之前偷偷盜領客戶的百萬存款是事實，該面對的刑責還是無法逃避。

來到黃色小屋門前，李安娜直接按下電鈴，等待安德森叔叔來開門。

她轉頭看著身旁的安德魯，發現他有些緊張。

「團圓是好事，你不要緊張嘛！」李安娜主動牽起安德魯的手，輕輕捏了一把，「想好要跟叔叔說的第一句話了嗎？」

「沒有……」安德魯苦笑，表情有些僵硬，「我怕他認不得我了。」

「怎麼可能！」李安娜笑了，但想想也有道理，「對喔，畢竟分開的時候你還是小孩子，現在已經是大人了。」

李安娜還想說點什麼讓安德魯放鬆，但黃色小屋的大門突然開了，站在門後面的不是她預期會出現的外國人，而是一名黃皮膚的台灣女人，年紀看起來約莫五十歲，有著一頭俐落短髮。

「有事嗎？」那女人用銳利眼神看著兩人，接著臉上閃過驚訝表情，先是警覺地朝屋外左右張望，彷彿不想被人看到，接著直接用命令的語氣說：「進來！」把他們拉進屋裡，並且立刻關上門。

「妳知道我們是誰？」李安娜問得小心。

「廢話！現在台灣誰不認識你們？」女人說得直接，再看著安德魯，「你是安德魯，來這裡找你叔叔的吧？你跟他年輕的時候長得好像！」

「我叔叔真的在這裡？」安德魯問得急迫。

那女人還沒開口，李安娜就知道答案了。

她看到客廳一面白牆上貼了好多張生活照，照片裡都有一名白皮膚的外國男子，李安娜知道那是安德森叔叔，因為臉部輪廓和安德魯有八分像，簡直就像一對父子。

「這是我叔叔！」安德魯發現照片，臉上立刻綻放笑容。

李安娜總算放下心，知道安德魯這趟路沒白走，他從羅馬尼亞到台灣的尋人之旅正式劃上句點。

李安娜和安德魯一起看著安德森叔叔的生活照片，有他在菜園裡摘小黃瓜的、搭船出海釣小卷的、登上玉山山頂的、參加媽祖繞境的、教小朋友英文的……，每一張照片中的他臉上都綻放燦爛笑容，而身邊都有那位台灣女人陪伴。

「這個是妳？」李安娜回頭，問站在身後的女人，「對吧？」

「我是他老婆。」女人說得簡單明白。

「所以妳是安德魯的嬸嬸囉！」李安娜覺得訝異，沒想到安德森叔叔竟然娶了台灣老婆，「請問安德森叔叔人在哪？」

「叔叔不在家？」安德魯笑著問嬸嬸，「我好想他。」

「他在山上，我帶你們去找他。」嬸嬸露出欣慰的笑容，「他一直在等你。」

嬸嬸先是到後頭弄了點東西，裝在一個環保袋裡，接著又拉兩人出門，開車上山。

走在山路小徑裡，聽著四周蟬聲雷動，伴隨清爽涼風吹過，李安娜心想安德森叔叔的生活好悠哉喔，這時間不用工作，還能在大自然裡逍遙樂活。

走著走著，他們來到一座墓園，李安娜隱隱有些不安，隨即又跟自己說沒事的，不要胡思亂想，安德森叔叔只是來看已經離開的老朋友。

但是當嬸嬸帶他們來到其中一座墳墓時，李安娜就知道一切都完了，墓碑上的大頭照是一個外國男人，他有迷人笑容，眼角還有看起來很溫柔的魚尾紋。

安息在墓地裡的是安德森叔叔。

李安娜無法壓抑突如其來的悲傷，眼淚不自覺地流下來，她轉頭看著身旁的安德魯，只見他表情意外平靜，彷彿在他眼前只是一個陌生人的墳墓，裡頭躺的不是渴望再見上一面的安德森叔叔。

愈是這樣，李安娜就愈擔心，怕他一時承受不了打擊，整個人會突然崩潰。

「安德魯……」李安娜慢慢走近，想給他一個擁抱。

但是安德魯微微伸出手，擋在李安娜面前，看起來就像在說「不要過來」。

「如果你早兩個月來台灣，就可以跟他見到面了。」嬸嬸輕拍安德魯的肩膀，語氣透露著無奈，「我一直期待你們兩個能重逢，但是我怎麼想也想不到，等你終於來台灣的時候，他卻已經不在了。」

嬸嬸說，兩個月前的晚上，安德森叔叔剛教完小朋友英文，在送他們回家的路上，意外被一名喝醉酒的年輕人開車撞上，當場就走了。

原本安德森叔叔不會有事的，因為車子並不是朝他而來，而是對著身邊的小朋友，但是他在最後一刻選擇犧牲自己，衝過去把孩子推開。

「你叔叔是好人，他是我所認識的最善良的人了。」嬸嬸的表情有無限驕傲，也有藏不住的悲傷。

聽完安德森叔叔離開的原因，李安娜終於看到安德魯流下眼淚，他哭得很平靜，像是不想被叔叔看到他極度悲傷的模樣。

安德魯好貼心啊，李安娜再次這麼認為。

嬸嬸從環保袋裡拿出一些餅乾零食，放在安德森叔叔的墓前，接著點燃六炷香。

「跟你叔叔說一些話吧，他很想你，這些年常常提到你。」嬸嬸把三炷香交給安德魯，自己再持香對著安德森叔叔的照片，溫柔地說：「老公，你的安德魯終於來了，你有沒有很開心？」

嬸嬸說完話，就把三炷香插在香爐裡，接著要安德魯有樣學樣，有什麼話想說的，就好好跟安德森叔叔說一說。

嬸嬸留安德魯獨自在墓碑前持香細語，然後把李安娜拉到一旁，收起剛剛的溫柔，換上嚴肅表情。

「你們必須離開這裡，而且要快！」嬸嬸說得認真，擺明不准李安娜拒絕，「你們的新聞一出來，我就有在注意了，現在全台灣的警察都在找你們，就算躲在屏東，也一樣會被找到。」

「我知道。」李安娜點點頭，「可是我不知道接下來要去哪，我以為安德魯會留在他叔叔身邊，我自己一個人去投案，可是現在……」

「你們不是還有一個朋友？我記得是三個人一起逃亡，他呢？」嬸嬸又問。

「他……」一想到蕭吉，李安娜的眼淚就湧出來了，「昨天晚上過世了。」

李安娜把蕭吉突然倒地身亡的事跟嬸嬸說了，現在遺體還安置在黃色小屋附近的救護車裡，那也是她接下來不知道該怎麼處理的問題。事情發生得太快，安德森叔叔已經離開人世的事實也讓她亂了分寸，此時此刻，她腦中真的一片空白。

「妳是安德魯的女朋友？」嬸嬸突然問。

「不是。」李安娜搖頭，儘管她心裡希望是，「我們只是朋友。」

「好，我沒辦法決定妳接下來怎麼走，」嬸嬸指著遠方的大海，「但是我可以安排讓安德魯搭船離開台灣，先到菲律賓躲起來，之後再看他有什麼打算。」

「菲律賓？」

李安娜覺得安德魯也太坎坷，從羅馬尼亞飛來台灣，本來以為可以在這裡展開新的人生，如今下一步卻可能要到菲律賓，過著沒人依靠的逃亡生活。

他會答應嗎？李安娜有些懷疑。

「他不能留在台灣嗎？」李安娜問。

「不行！那些俄羅斯人知道他在這裡，一定會派人來殺他！」嬸嬸直接否決，「就算安德魯被警察抓去坐牢也一樣，他知道太多事情了，遲早會被滅口。」

滅口？聽到這兩個字，李安娜腿都軟了，看來安德魯真的得去菲律賓才行，就像當年他叔叔逃來台灣一樣。

問題是，安德魯還想再這樣逃下去嗎？李安娜發現自己不知道答案。

安德魯跟他叔叔說了好多話，直到香快燒完，才終於把眼淚擦乾，將殘餘的香插進香爐，結束最後的思念傾吐。

嬸嬸把偷渡去菲律賓的事跟他說了，安德魯一臉茫然，沒說好，也沒說不好。

「你一定要去菲律賓。」李安娜勸他。

「可是……」安德魯看著她的眼睛，很是擔心，「妳呢？」

李安娜不知道自己接下來會面臨什麼，只確定兩人說再見的時間即將來到。

可是，她不想離開安德魯，這點她非常清楚。

「我跟你一起去。」李安娜說得堅定。

$ $ $

太陽緩緩朝西方落下，離開台灣的時間正在倒數計時。

坐在黃色小屋裡的餐桌旁，安德魯大口吃著嬸嬸特地煮的一桌家常菜，有蕃茄炒蛋、糖醋吳郭魚、炒地瓜葉、涼拌小黃瓜和一鍋香菇雞湯。這是近日難得可以好好坐下來吃的一頓飯，也是他和李安娜離開台灣前的最後一餐。

嬸嬸把一切都安排妥當，天黑了就會開車載他們到港口，搭上在那等待的漁船，準備趁著夜色航向菲律賓。

負責偷渡任務的船長老馬會送他們到菲律賓，交給當地的一名台商，到時所有生活起居都由那名台商照顧，還能工作賺點小錢，短期內生活都不成問題，可以安心待在那裡。

安德魯覺得他這個嬸嬸很厲害，短時間內就安排好偷渡的事，只可惜他今天就得離開台灣，不然真想好好住下來，跟嬸嬸多認識一下，也能聽她說些叔叔的過去。

「為什麼那個台商願意收留我們？」李安娜好奇問著，「我們又不認識他，而且搭船偷渡到菲律賓，應該也要給船長錢吧？」

「要給很多錢嗎？」安德魯擔心地問嬸嬸，「我沒有錢。」

「我們也不能讓妳出這個錢。」李安娜跟著說。

「不用錢，」嬸嬸要他們別擔心，還特地看著安德魯，「這是那個台商想報恩的方式，你們只要接受就好了。」

「報恩？」安德魯不懂這兩個字的意思。

「你叔叔救的那個孩子，就是台商的兒子。」嬸嬸笑得有些感慨，「你叔叔的救命之恩，那個台商一直想找機會報答。」

安德魯恍然大悟，才明白這一切是用安德森叔叔的命換來的。

「對了，我們離開之後，蕭吉怎麼辦？」李安娜突然開口問。

「我會通知警察，就說有輛救護車停在路邊，看起來怪怪的。」嬸嬸說得輕鬆，顯然已經想好對策，「到時就交給他們了。」

「那就好，這樣我就不擔心了，只是覺得很對不起蕭吉，沒辦法陪他走最後一段路……」李安娜突然鼻頭一酸，「嬸嬸，我們等一下可以先去救護車那邊嗎？我想跟蕭吉說再見。」

「我也是。」安德魯跟著答腔。

「好，去跟他告別，也請他保佑你們平安抵達菲律賓。」嬸嬸說。

吃完晚餐，天色也漸漸暗了下來，嬸嬸開車載兩人前往救護車停放的路邊，準備來一場生離死別的最後告辭。

然而就在快到的時候，嬸嬸突然在馬路上來個大迴轉，那速度之快、幅度之大，竟讓汽車一時失去控制，冷不防就撞上路邊的電線桿。

「怎麼了？」坐在後座的安德魯，急忙問著開車的嬸嬸。

「有警察！」嬸嬸先是倒車，努力要把車頭轉正，「救護車旁邊都是警察！」

安德魯趕緊回頭，只見在遠遠那端的救護車四周，被拉起了一道黃色封鎖線，旁邊還有好幾輛警車。

「天啊！連新聞台的ＳＮＧ車都來了！」李安娜驚呼。

安德魯看到幾輛ＳＮＧ車就停在警車附近，有人扛著攝影機正在拍攝救護車，代表那些拍攝畫面此時正在台灣的電視上播放著。

一想到蕭吉的遺體可能毫無保留曝光在台灣民眾眼前，安德魯就覺得心疼，但此時根本顧不了那些，因為救護車被發現了，警察一定會懷疑他跟李安娜躲在附近，接下來就會四處展開搜索。

此時此刻，安德魯只希望那些警察別往這裡看過來，好讓他們可以順利脫身。

可惜天不從人願，剛才車子撞到電線桿的聲音過大，早就吸引那些警察的目光，有一名警察騎著警用機車來到車窗旁，還叩叩拍打兩下。

在和警察對到眼的那一刻，從對方的驚訝表情看來，安德魯知道自己被認出來了，他拍打嬸嬸的肩膀，要她趕緊開車離開。

「坐穩了！」嬸嬸大吼一聲，將油門踩到最底，「別怕，我一定會讓你們離開台灣！」

汽車直線朝前方飆去，被甩掉的警用機車立刻鳴起警鈴，同時開啟紅藍閃光，更添加緊張的追捕氛圍。

安德魯再度回頭，只見那些停在救護車旁的警車也開始移動起來，紛紛加入追捕行列，就連新聞台ＳＮＧ車也跟著一起追來。

李安娜伸手過來，用力抓住安德魯的手，透過小手傳來的顫抖，安德魯知道她心裡害怕到了極點。

「別怕，我們不會有事的。」安德魯說得輕鬆，還刻意露出微笑，「叔叔和蕭吉都會幫忙。」

儘管這麼說，其實安德魯一點把握也沒有。

「好，我不怕，我們一定不會有事的。」李安娜點頭，但表情依然緊繃。

車子愈開愈快，後頭追捕的警車也不斷接近，逼得嬸嬸只能持續加速，完全不管闖了多少紅燈。

「老馬！我們被警察發現了，現在要提早出發！」嬸嬸撥打手機跟船長聯絡，「我現在開車載他們過去，你先把船準備好，繩子記得鬆掉，接到人就直接開船！」

講完電話，嬸嬸又專心把自己當賽車手，在屏東的馬路上演亡命追逐場面。

安德魯在後座看著她搏命般的專注背影，心裡忍不住激動，他知道這個今天才認識的台灣女人，是真的好愛安德森叔叔。

她大可把兩人交給警方，不需要冒險幫助他們離開台灣。一想到此，安德魯就覺得心疼，他們走了之後，嬸嬸的麻煩肯定才要開始，到時她該怎麼跟警方解釋自己是無辜的？

車子繼續往前，安德魯已經可以看見大海了，接下來只要登上嬸嬸安排好的船隻，他們就能平安脫困。

「你們兩個要對自己有信心！」嬸嬸突然對他們喊話，「不要害怕未來，接下來的日子可能不好過，會很辛苦，但只要兩人在一起，就能克服所有困難！」

安德魯不懂，嬸嬸為何突然要說這些，但他情不自禁握緊李安娜的手。

「我跟你叔叔就是這樣走過來的！」嬸嬸話裡帶著笑聲，「我們相遇的時候，他正在逃亡，我遇到人生低潮，本來以為這輩子沒希望了，還好命運讓我們認識彼此，才有後來這麼快樂的生活！」

安德魯好感動，他希望這些話安德森叔叔也曾聽過，這個跟他在異鄉認識的女人，有多麼感謝老天爺讓兩人相遇在一起。

安德魯看著身旁的李安娜，默默在心裡祈禱：「老天爺，請給我一個機會，讓我可以好好保護這個女孩，讓我們平安離開台灣，在菲律賓展開新的人生。」

關鍵時刻到了。

車子來到港口，安德魯看到有個男人站在一艘白色漁船上頭，用力朝他們揮手。

「就是那艘船！那個男的就是船長老馬！」嬸嬸指著那艘船尾寫著「一路發」三個字的漁船，「名字很土對不對？大吉大利一路發，哈哈哈！」

嬸嬸把車停妥，要兩人趕緊下車，接著又按下兩聲喇叭，算是跟船長老馬打招呼。

安德魯和李安娜下了車，隔著車門跟嬸嬸說再見。

「你們保重！」嬸嬸說得真誠，「希望還有機會見到面！」

「嬸嬸，謝謝妳！」安德魯充滿感激。

「謝謝妳！」李安娜用力揮手。

兩人朝停靠在碼頭邊的「一路發」漁船跑去，身後緊追不捨的警車也紛紛停下，警察一個個跳下車，朝他們追來。

「不要跑！停下來！再跑就開槍了！」警察們大喊，同時抽出腰間手槍。

安德魯不想回頭，不願猜測警察會不會開槍，他只想牽著李安娜的手，快步朝那艘漁船跑去。

而且他相信警察不會真的開槍，以他對台灣人的認識，他們頂多只會唬唬人而已。

來到船邊了，船長老馬大聲吆喝：「快跳上來！」

安德魯看到老馬跑到駕駛艙，讓漁船慢慢離開碼頭平台，知道他是為了縮短開船時間，免得追來的警察也跟著跳上船。

安德魯放開李安娜的手，率先往船上一跳，接著回頭伸出手，拉住跟著跳上來的她。

砰！

突然一聲槍響，嚇得安德魯心頭猛震，緊張地看著身邊的李安娜，發現她平安沒事，並沒有被子彈打中。

「你沒事吧？」李安娜看著他，臉色慘白，「有受傷嗎？」

「沒有。」安德魯用力抱住李安娜。

安德魯看向岸邊，只見一名警察把槍指向天空，顯然剛剛只是對空鳴槍，並沒有真的要對他們開槍。

安德魯暫時放下心，看著愈離愈遠的港口，想揮手跟嬸嬸說再見，卻只能看見成排的警車大燈正朝漁船遠照而來，讓他覺得刺眼，根本看不到嬸嬸的身影。

連最後一眼都看不到，這讓安德魯覺得難過，不知道這輩子還有沒有機會見到嬸嬸。

「你們兩個別站在這裡，到船艙裡去！」船長老馬突然來到他們身邊，把兩人帶進船艙，「這裡很安全，不會有事的！」

「謝謝你。」安德魯由衷感激。

「不用謝，我只是拿錢辦事而已！」老馬呵呵笑著，「你們先好好休息，今天風浪有點大，船會比較搖晃，你們累了就直接睡吧，明天就會到菲律賓了。」

老馬說完就離開船艙，還順手把門關上，留給兩人一個不受打擾的空間。安德魯看著船艙內部，雖然空間狹小又堆積不少雜物，但幸好有個平坦的小床，可供他們躺下來好好休息。

「我們要去菲律賓了。」李安娜來到安德魯身邊，抱住他。

「嗯。」安德魯輕輕摸著她的頭。

「我捨不得台灣，」李安娜又說，「我想到外面，再看看這塊土地。」

「好。」安德魯點頭，「我陪妳一起看。」

安德魯牽起李安娜的手，跟她一起走出船艙，兩人站在船尾望著遠方的黑暗陸地，那些警車的大燈還在，只是光線逐漸黯淡，已經不再刺眼了。

這是最後一次跟台灣說再見的機會，安德魯很清楚這點，同時舉起手慢慢朝更遠的山上揮舞，他想跟長眠在那裡的安德森叔叔道別。

「親愛的叔叔，再見了。」

$　$　$

站在船尾，望著那片快要看不見的台灣土地，李安娜這才真正意識到，自己即將和過去的人生說再見了，接下來等待她的是無法想像的異國生活。

回想這段時間發生的一切，都讓李安娜覺得好不真實。她本來只是一名在萬福銀行上班的櫃檯職員，每天面對前來存錢、領錢的客戶，日子過得簡單平凡，只要不出錯，就可以安心做到退休那一年。

然而半年前安德魯送來的臉書交友邀請，為她的人生巨變埋下伏筆。她怎麼樣也想不到，這個來自羅馬尼亞的年輕人，竟會在兩人的第一次碰面那晚，就帶她踏上意想不到的逃亡之旅。

他們一起在三峽大豹溪裡玩水，在桃園碰到躲警察的泰國情侶，在新竹旅館的房間同床共眠，在苗栗鄉下認識開雜貨店的阿旺伯和福來嫂，在台中交流道旁眼睜睜看著檳榔攤被大火吞噬，在彰化遇到好心送他們一程的村長，在嘉義廟裡躲進月老神像的桌底下，害怕被貪財的民眾發現……

這些難忘的回憶，都還有她曾經告白過的蕭吉陪在身邊，一想到他已經不在人世，李安娜又開始難過起來。

「蕭吉，對不起，如果早知道你會發生這種事，當初就不去加你的臉書了。」李安娜忍不住朝已經遠離的台灣土地揮手，算是跟蕭吉說最後一次再見。

「風好大，我們進去吧。」安德魯溫柔地拍拍李安娜肩膀。

「嗯……」李安娜點了頭。

他們轉身離開船尾，準備回到船艙休息，就在走進艙門之前，李安娜覺得應該去跟老馬打個招呼，跟他說一聲謝謝辛苦了。

李安娜要安德魯先進去休息，再獨自走向位於船頭的駕駛艙，就在她來到門邊準備跟老馬說話時，駕駛艙內突然響起電話鈴聲。

會是嬸嬸打電話來關心的嗎？李安娜心想，但隨即知道不太可能，嬸嬸現在應該被警察團團包圍，哪有機會打電話來。

「喂！豹哥！你怎麼有空打來啊？」老馬接起電話，笑著問候對方，「你又有錢給我賺喔？」

李安娜有些失望，打給老馬的果然不是嬸嬸，而是一個叫豹哥的男人。

「這次又要送什麼過去？鑽石、黃金還是藝術品？哈哈哈！」老馬先是笑得開心，接著語氣沉了下來，「啊？不是要我送貨喔？」

李安娜看老馬在講電話，決定先不打擾，轉身就要往船艙走去。

「豹哥，你怎麼知道我船上有一個外國人？」老馬突然這麼說。

李安娜停下腳步，她覺得有點怪怪的，那個叫豹哥的男人，為什麼知道安德魯在老馬的船上？

「對啊！我今天臨時接到一筆生意啦，要送兩個人去菲律賓，其中一個就是外國人啊！」老馬繼續說，「不過你怎麼會知道？我沒跟任何人說啊！」

對啊，豹哥為什麼會知道？李安娜也想聽到答案。

「你在電視上看到我的船？」老馬顯得超驚訝，「對啊，我的船名就叫一路發啊！」

李安娜頓時懂了，因為有SNG車跟著警車一起追她和安德魯，兩人跳上老馬漁船的畫面才會被拍攝下來，接著出現在電視新聞上。

「幹！我又要被警察叫去問話了！」老馬明顯不太高興，「隨便他們啦！反正我只是為了賺錢而已！」

李安娜覺得過意不去，不知道老馬今晚送他們去菲律賓，會不會給自己帶來什麼麻煩，事後警察肯定會找他關切，那以後還能繼續幹走私的勾當嗎？她和安德魯是不是意外擋了他的財路？

李安娜有些沮喪，她和安德魯好像又連累了一個人。

她不願再聽下去，直接走回船艙，一進門看到安德魯躺在狹小的床上，朝她伸長了手。

李安娜上前握住安德魯的手，隨即躺在他懷裡，讓兩人身體緊緊靠在一起，感受彼此的體溫。

李安娜閉上眼睛，慢慢享受這安靜的一刻，外頭雖然風大浪大，但船艙把那些聲音都隔了開來，現在這個小小的世界裡，只有他們兩人。

她把耳朵貼在安德魯的胸膛上，聽著他強而有力的心臟聲，那噗通噗通的規律聲音讓她覺得安心，彷彿只要有安德魯在身邊，就算未來的日子會很辛苦，她也覺得沒什麼好怕的。

嬸嬸不是說過了嗎？不要害怕未來，要對自己有信心，只要兩個人在一起，就能克服所有困難。

心一安定下來，李安娜就開始期待看到明天的太陽，到時她會和安德魯一起踏上菲律賓的土地，過著沒有人認識他們的新生活。

叩－叩－

船艙的門被輕敲兩下，李安娜趕緊起身，就怕被老馬看到兩人相互依偎的模樣，那會讓她覺得不好意思。

「你們出來一下。」老馬開門探頭進來，只丟下這句話就走了。

李安娜和安德魯互看一眼，不明白老馬為何要他們出去，但想想可能是夜晚的海面上有什麼景色可看，不希望他們錯過吧。

帶著期待，李安娜牽著安德魯的手走出去，才剛踏上甲板，就看到一個讓她頭皮發麻的黑色物體。

老馬手裡握著一把槍，正對著兩人。

「船長……」李安娜語氣開始顫抖，「你為什麼要拿槍？」

「不要問！現在到船尾去！」老馬下了命令。

「為什麼要這樣？」安德魯忍不住問了。

「我說過了不要問！再問我就開槍了！」老馬眼裡露出殺機。

李安娜嚇壞了，她知道老馬不是開玩笑，而是真的有可能對他們開槍，但她不懂為什麼會這樣，難道跟剛才那通電話有關係？

那個叫豹哥的男人，後來到底跟老馬說了什麼？

兩人走到船尾，手牽手緊緊靠在一起，看著老馬緩步朝他們走來，手裡依然拿著那把槍。

「船長，你真的要殺我們？」李安娜鼓起勇氣，開口詢問。

「對不起，我只是受人之託。」老馬直接道歉。

「是誰？」安德魯挪動身體，張開雙手擋在李安娜身前，「請你不要傷害她。」

「安德魯，你不要這樣！」李安娜想推開安德魯，但他站得直挺挺的，不肯讓開。

「我不要妳死。」安德魯回頭，眼神裡有不捨和遺憾。

老馬嘆了口氣，朝安德魯輕輕鞠個躬，接著說：「小老弟，其實只要你死就可以了，誰叫你知道太多祕密，有人不讓你活在這個世界上。」

「是俄羅斯人嗎？」李安娜脫口而出，「是他們要你殺了安德魯？」

「我不知道是誰要他死啦！反正我剛剛接到電話，有人要我幹掉他就是了！」老馬看著李安娜，眼神有些無奈，「算妳倒楣，如果讓妳活下來，那我就會有事了，只好委屈你們兩個一起死。」

「不要……」李安娜搖頭，「船長，拜託你不要開槍，我們保證什麼都不會說！」

「你答應要送我們去菲律賓的，」安德魯無法接受，「你不可以這樣！」

「沒辦法，把你們平安送到菲律賓，我只能賺六十萬，」老馬聳聳肩，苦笑兩聲，「但我會失去一個合作多年的大金主，以後起碼少賺好幾百萬！」

李安娜懂了，老馬不可能放過他們，現在只是不知道他何時會開槍。

她看看四周一望無際的黑色大海，不禁覺得人生無常，剛剛還以為明天會在菲律賓展開新生活，沒想到這時卻來個大轉彎，馬上就要命喪太平洋。

「你們自己跳下海吧，不要浪費我的子彈。」老馬依舊握著那把槍，只是把槍口朝下，「至少死之前，還可以抱在一起。」

李安娜回頭看著海水，不敢想像跳下去會是什麼感覺，她和安德魯雖然都會游泳，但這裡距離土地太遠，他們沒有機會游上岸的。

而且也沒人知道他們被船長逼著跳海，自然不可能有船趕來救他們。

必死無疑了，李安娜非常清楚這一點。

「跳啊！」老馬突然大吼。

「不要！」安德魯也吼了回去。

「媽的！那我只好動手了！」老馬又將槍口對準兩人，「不好意思了！」

李安娜看到老馬右手的食指微微一動，知道即將有顆子彈朝安德魯的身體射來，但也在這個時候，她看到前方有一道巨浪朝船身打來。

巨浪衝撞船頭的一瞬間，讓船身上下劇烈晃動，李安娜發現自己站不穩腳步，身體朝旁邊倒了下去。

同時間，老馬也扣下扳機，一顆子彈應聲而出，震耳的槍響在浪聲中顯得刺耳，讓李安娜嚇到緊閉雙眼。

當槍聲的餘音終於平靜之後，李安娜這才睜開眼睛，她先意識到自己的身體沒有任何疼痛感，顯然沒被子彈打中。

她急著想知道安德魯有沒有受傷，發現他倒臥地上，正在看著自己，那眼神好像在說「妳沒有事吧？」

李安娜馬上知道安德魯沒事，心裡暫時鬆一口氣，但隨即又緊張起來，因為老馬手裡的槍還在。

「哈哈！你們運氣也太好了吧！」老馬大笑幾聲，繼續將槍口對準安德魯，「再見囉！」

李安娜知道好運不會再來一次，她不想眼睜睜看安德魯中彈，於是咬著牙爬起身來，全力衝向老馬。

她想要阻止老馬開槍，就算犧牲自己也無所謂，只求安德魯能好好活著。

她離老馬的身體愈來愈近，眼看就要抓住那把槍時，老馬竟然改變槍口方向，同時扣下扳機。

砰！

子彈射偏了，沒擊中李安娜的身體，她順勢把老馬撞倒，同時打落了他手上的槍。

李安娜倒在甲板，看到老馬急著想撿槍，而剛剛躲過一劫的安德魯也衝了過來，伸長右手想搶先一步。兩人同時碰到那把槍，只是一人抓住槍柄，一人緊握槍身，分不清楚槍口究竟對準了誰。

李安娜害怕再次聽到槍聲，擔心下一發子彈會射進安德魯的身體裡。

「不要！不要開槍！」她拚命大喊，希望悲劇不要發生。

但該來的還是來了，幾秒過後，那顆子彈在安德魯與老馬之間擊發了。

砰！

槍聲過後，李安娜看到他們一起倒了下來，有一攤血從兩人之間流淌而出，抹紅了白色甲板。

「安德魯！」李安娜趕緊來到他身邊，著急不已，「你沒事吧！有沒有受傷？」

李安娜把手搭上安德魯的身體，發現他抖得厲害，就趕緊將他翻過身來，試圖想壓住傷口止血。

她傻眼了，沒想到那把槍竟然在安德魯手上，他的衣服雖然沾了血，但顯然不是他的。

李安娜轉頭看著老馬，只見他渾身顫抖，把手放在肚子上，而指縫間有不斷流出的鮮血。

被子彈打中的是老馬，不是安德魯。

「我沒有要開槍，是他……」安德魯把槍往旁邊一丟，茫然看著受傷的老馬，「為什麼會這樣？他會不會死？」

「我不知道……」李安娜也六神無主。

她現在什麼都不知道，唯一確定的是菲律賓去不成了，老馬傷勢嚴重，必須立刻回台灣治療才行。

不然他一定會死，沒有活命的機會。

問題是，他們非得救這個剛剛想殺人的老馬嗎？如果拋下他不管，繼續讓船隻往菲律賓的方向前進，說不定他們還有機會登上另一塊土地，在那裡重新開始。

還是該就此回頭，讓船頭轉個一百八十度，直朝台灣而去，讓船長有機會被送到醫院急救？

但這麼一來，她和安德魯就會被警察逮捕，等著面對司法制裁，再花幾年時間待在監獄裡贖罪。

李安娜抬頭望著黑色天空，無奈苦笑，任憑從船頭吹來的冷冽海風打在臉上。

「老天爺，您為什麼要這樣對我們？難道我們這一路逆風的還不夠嗎？」李安娜渾身無力，「能不能告訴我，接下來到底該怎麼辦？」

「安娜，妳要去菲律賓？」安德魯先是指著船頭，然後又指向船尾，「還是回台灣？」

「我不知道……」李安娜搖頭，「你呢？想去哪裡？」

「不管去哪裡，我都不要放下妳。」安德魯說得堅定。

安德魯起身，走向位於船頭的駕駛艙，李安娜趕緊跟了上去，陪在他身邊。

她看到安德魯雙手抓住方向盤，不知道他打算怎麼做。

如果方向不改，就是繼續朝菲律賓而去；要是安德魯用力扭轉方向盤，就可以回到剛剛離開的台灣。

去菲律賓，老馬就必死無疑；回台灣，兩人就逃不了法律制裁。

安德魯犯下萬福銀行提款機盜領案，她則是私自竊取客戶的百萬存款，如果回到台灣，兩人不可能躲得了一輩子，勢必要面對牢獄之災，只是不知道分別會被關多久。出獄之後，他們還能找到彼此嗎？安德魯還能留在台灣嗎？俄羅斯集團會放過他嗎？兩人還有機會見面嗎？

李安娜覺得好累，她沒力氣思考這個問題，只能把頭靠在安德魯的肩膀，讓他決定兩人未來的命運。

最後不管怎麼樣，她都只想跟安德魯在一起。

未來的事，就留著以後再說吧。

反正兩人要在一起就是了。

（完）

鏡小說 009

一路逆瘋

作者：馬尼
原創故事開發：鏡文學編劇部
責任編輯：李佩璇、王君宇
責任企劃：劉凱瑛
美術設計：小子
主編：李佩璇
總編輯：董成瑜
發行人：裴偉

出版：鏡文學股份有限公司
11070 台北市信義區東興路 45 號 4 樓
電話： 02-6633-3500
傳真： 02-6633-3544
讀者服務信箱： MF.Publication@mirrorfiction.com

總經銷：大和書報圖書股份有限公司
242 新北市新莊區五工五路 2 號
電話： 02-8990-2588
傳真： 02-2299-7900

內頁排版：宸遠彩藝有限公司
印刷：緯峰印刷股份有限公司
出版日期： 2018 年 11 月 初版一刷
ISBN： 978-986-96950-1-5
定價： 320 元

國家圖書館出版品預行編目 (CIP) 資料

一路逆瘋 / 馬尼著. -- 初版. -- 台北市 :
鏡文學, 2018.11
288 面 ; 14.8×21 公分 . -- (鏡小說 ; 9)
ISBN 978-986-96950-1-5 (平裝)

857.7　　107018599